アカシックレコード
ロクでなし魔術講師と禁忌教典22

羊 太郎

3299

口絵・本文イラスト　三嶋くろね

教典は万物の叡智を司り、創造し、掌握する。
故に、それは人類を
破滅へと向かわせることとなるだろう――。

『メルガリウスの天空城』著者：ロラン＝エルトリア

Akashic records of bastard magic instructor

Character

Main

システィーナ＝フィーベル

—

生真面目な優等生。偉大な魔術師だった祖父の夢を継ぎ、その夢の実現に真っ直ぐな情熱を捧げる少女

グレン＝レーダス

—

魔術嫌いな魔術講師。いい加減でやる気ゼロ、魔術師としても三流で、いい所まったくナシ。だが、本当の顔は——？

ルミア＝ティンジェル

—

清楚で心優しい少女。とある誰にも言えない秘密を抱え、親友のシスティーナと共に魔術の勉強に一生懸命励む

リィエル＝レイフォード

—

グレンの元・同僚。錬金術で高速錬成した大剣を振り回す、近接戦では無類の強さを誇る異色の魔導士

アルベルト＝フレイザー

—

グレンの元・同僚。帝国宮廷魔導士団特務分室所属。神業のごとき魔術狙撃を得意とする凄腕の魔導士

エレノア＝シャーレット

—

アリシア付侍女長兼秘書官。だが、裏の顔は天の智慧研究会が帝国政府側に送り込んだ密偵

セリカ＝アルフォネア

—

アルザーノ帝国魔術学院教授。若い容姿ながら、グレンの育ての親で魔術の師匠という謎の多い女性

Character

Academy

ウェンディ＝ナーブレス

—

グレンの担当クラスの女子生徒。地方の有力名門貴族出身。気位が高く、少々高飛車で世間知らずなお嬢様

リン＝ティティス

—

グレンの担当クラスの女子生徒。ちょっと気弱で小柄な小動物的少女。自分に自信が持てず、悩めるお年頃

ギイブル＝ウィズダン

—

グレンの担当クラスの男子生徒。システィーナに次ぐ優等生だが、決して周囲と馴れ合おうとしない皮肉屋

カッシュ＝ウィンガー

—

グレンの担当クラスの男子生徒。大柄でがっしりとした体格。明るい性格で、グレンに対して好意的

セシル＝クレイトン

—

グレンの担当クラスの男子生徒。物静かな読書男子。集中力が高く、魔術狙撃の才能がある

ハーレイ＝アストレイ

—

帝国魔術学院のベテラン講師。魔術の名門アストレイ家出身。伝統的な魔術師に背くグレンには攻撃的

Keyword

魔術

Magic

—

ルーン語と呼ばれる魔術言語で組んだ魔術式で数多の超自然現象を引き起こす、
この世界の魔術師にとって『当たり前』の技術。
唱える呪文の詩句や節数、
テンポ、術者の精神状態で自在にその有様を変える

教典

Bible

—

天空の城を主題とした、いたって子供向けのおとぎ話として世界に広く流布している。
しかし、その失われた原本（教典）には、
この世界にまつわる重大な真実が記されていたとされ、その謎を追う者は、
なぜか不幸に見舞われるという——

アルザーノ帝国魔術学院

Arzano Imperial Magic Academy

—

およそ四百年前、時の女王アリシア三世の提唱によって巨額の国費を投じられて
設立された国営の魔術師育成専門学校。
今日、大陸でアルザーノ帝国が魔導大国としてその名を
轟かせる基盤を作った学校であり、常に時代の最先端の魔術を学べる最高峰の
学び舎として近隣諸国にも名高い。
現在、帝国で高名な魔術師の殆どがこの学院の卒業生である

断章　21↓0

その日。その時。その場所で。
彼の者は、神威と対峙する。

いとも、大いなる――
いとも、邪悪なる――
いとも、威力ある――
げに――悍ましき。

――。

『きゃはははははははは！　あっはははははははッ！　あはははははは
はははははは――ッ！　きゃっははははははははははははははは――』

――どこか辺境の寒村にある広場にて。

少女の底なしの嘲笑が響き渡っていた。

それは、この世界のあらゆる汚音と不快音を煮詰めたような、悍ましき怪音。

それでいて、この世界の至高の楽器と演奏家達を寄せ集めて、神域の楽曲を合奏させたかのような美音。

相反する概念が矛盾なく混在調和するその声は、聞いているだけで正気が削れ、魂が崩壊していくような、音の形をした猛毒だった。

それが大気を伝播し、この世界のありとあらゆるものを侵食し、腐食させていく。

そんな音の呪詛を吐き散らかしているモノは……なるほど、それを発するにいかにも相応しくも悍ましい存在をしていた。

確かに、人の形はしている。一見、可憐で可愛らしい少女だ。

だが、その本質はまるで違う。詐欺だ。

霊的な視覚でその本質を覗き込めば——どこまでも、奈落のように広がる深淵。

この世のありとあらゆる〝邪悪なる〟を集め、煮詰めたような混沌。

それはまさに、人の形をした深淵の底の底。

万千の色彩と混沌が織りなす、純粋にして〝無垢なる闇〟であった。


『どう⁉　わかりました⁉　理解しましたか⁉　納得しましたか⁉　諦観し、受け入れる心の準備はＯＫ⁉　蝋の翼で空に挑みし、ちっぽけなる愛しき人間さん！

人間にはどうしたって越えられない〝壁〟があるということ！

貴方の〝正義〟は——しょせん、その程度だということ！

きゃっははははははははははははははは——あっはははははははははははははははは！』


空中で、その少女の形をした混沌は、嗤う。

ただひたすらに、あざ嗤う。

その全ての嘲弄が、全ての冒瀆が、眼下で少女を見上げてくる哀れなる者へと注がれている。

それは、歳の頃まだ十にも満たなそうな、幼い容姿の少年であった。

だが、その少年には、気の遠くなるほど長い時間を生き続けてきたような……奇妙で不自然な貫禄と存在感がある。

この世界の全ての理を知り尽くし、遙か未来までをも見晴るかす、思慮深き双眸。

その全身に漲るは、それだけで一つの世界を成せる途方もない魔力。

少年は──魔術師であった。

それも、ただの魔術師ではない。至高の魔術師だ。

この世界における魔術師の最高位〝第七階梯〟などという矮小な称号では、到底、その少年を括ることは敵わない。

永遠に近い時の中で、人知を超えた智と力を練り上げ、限りなく真理へと、神へと近づいた人類最強の魔術師であった。

この四次元連立並行世界たる次元樹に内包される、ありとあらゆる世界線の人間と比べても、これほどの高みへ到達した魔術師は存在しない。

だが──そんな人類最強の魔術師の力と技と智慧をもってしても。

その底の知れぬ悪意と邪悪の深淵には。

その少女の形をした混沌の前には……無力な赤子も同然であった。

『きゃっはははははははははははははは！　だから言ったのに⁉　何度やっても無駄だって！　うふふ、貴方って本当に頭が悪いんですねぇ！』

「……くそ……ッ！　こんな結末……ッ！」

少年が、憤怒と絶望も露わに、頭上の少女の形をした混沌を睨み付ける。

だが、どうしようもない。

この混沌を討ち滅ぼすために培った全ての術理は、すでに尽くした。

己という存在を擦り削って、持ちうる全てを引き換えて戦った。

だが、すでに戦いは終わったのだ。

己の全ての〝正義〟をかけた戦いに、少年は完膚なきまでに敗北した。

少年のこれまでの長き戦いは、長き道のりは——今、全て無駄になったのである。

『さて、愛しい貴方との語らいも、そろそろお開きです！』

ひとしきり少年を嘲り嗤い倒すと、少女の形をした混沌が指を打ち鳴らす。

ぴきり、と。この世界の空間そのものに蜘蛛の巣のような亀裂が一瞬で走り……

がしゃあんっ！と硝子が砕け散るような音と共に、世界の全てがパズルの破片のような欠片となって崩壊し、世界が真っ暗闇に暗転する。

そして、その深淵の闇の中に――少女の形をした混沌が溶け消えていく。

世界の果てまで届くような哄笑と嘲笑と共に消えていく。

「待て……ッ！　逃げるのか⁉」

『くふふっ、逃げませんよ？　だって、わかりますよね？　私が心から愛する貴方。

私と貴方は、運命の二人。私達は、またいつか再び巡り会えるんです。

……私が私である限り……貴方が貴方である限りね。

そう、これは終わりじゃない……全ての始まりなんですから』

「ぅ、ぉ、ぉおおおおおおおおおお――ッ！　ふざけるなぁああああああああああああああああああ――ッ！」

少年が鬼気迫る顔で、必死に少女の形をした混沌を追う、駆ける、手を伸ばす。

混沌へと迫る。追いすがる。

だが、届かない。あまりにも遠い。

少女の形をした混沌は、光の速さで遙か深淵の彼方へと去って行く――

「くそ……ッ！　くそくそくそくそぉおおおおおおおおおお――ッ！

バカにしやがって！　バカにしやがってぇえええええ……ッ！

許さない……ッ！　覚えてろ、お前だけは……お前だけは絶対に……ッ！　う、ぁああ

ああああああああああああああああああ――ッ！」

少年の怨嗟と憤怒と絶望が、深淵の中に空しく吸い込まれていく。

ただ、無慈悲に。無意味に。無残に――……

そして――……

――。

――。

第一章　巨星、墜(お)つ

ルヴァフォース聖暦１８５４年ノヴァの月一日──


「ジャティスゥウウウウウウウウウウウウウウウウウウウ──ッ！」

「はははははははは──ッ！　あっはははははははははははははは──ッ！」


燃えるフェジテの上空を舞台に、二人の青年が対峙している。

片や、遥か数千年の時を超えて、過去の世界から帰還したグレン。

片や、次元を超越して、この世界へと帰還を果たしたジャティス。

天の智慧研究会の『最後の鍵(ラスト・オーダー)』作戦発動を端に発する、《最後の鍵兵団》と残存帝国軍の、フェジテを舞台にした最終全面戦争。

それは、ここに至って、新たな局面を迎えようとしていた。

今、フェジテに集う全ての者達が、グレンとジャティスの二人を見守っている。

イヴも。リィエルも。アルベルトも。

女王も。生徒達も。教師達も。フェジテ市民も。帝国軍将校達も。

この予想もつかない展開の行く末を見守っている。

最早、見守る以外の選択はないのであった――

「ハッ！　ここで、てめぇが来るとはな！　まさか、いきなり義に目覚めて、世界平和のために力を貸してくれた……ってンなわけねえよな……ッ!?」

そんなグレンの憎々しげな吐き捨てを。

「ははは、当たらずとも遠からずだけどね。僕は、根っから〝正義〟なわけだし？　まぁ……残念ながら、君達の考えるそれとは異なる、とだけは」

ジャティスは相変わらず、人を食ったような態度で受け流す。

「どの道、この彼の役割はもう終わったんだ。ならば、こうしてこの舞台上から、ご退場願わないとね。次なる幕もあることだし」

そして、そんなことを嘯くジャティスの左手から伸ばされた黒い神鉄の剣は、一人の青年を背後から串刺しにしている。

「……がはっ!?　げほっ！　ごほッ！　嘘だ……こ、こんなことが……ッ！」

フェロード＝ベリフ。

天の智慧研究会の最高指導者。第三団《天位(ヘヴンス・オーダー)》のトップ、《大導師(ヘヴン)》。

帝国有史以来……否(いな)、遙か数千年前の古代文明の頃から、この世界の裏側で暗躍し、己が欲望と目的のために、壮大なる演出家気取りでアルザーノ帝国の全てを華麗に、巧みに操り続けてきた諸悪の根源。全ての元凶。大いなる黒幕。

そんなフェロードが、今、あっさりと地に叩(たた)き堕とされたのである。

……一人の狂える〝正義〟の手によって。

『フェロード！　フェロード様っ！　しっかりしてっ！』

フェロードを主として契約している《空の天使》レ＝ファリアが、串刺しにされている
フェロードへ泣きながら縋(すが)り付こうとする。

だが、実体を持たない幻影に過ぎない彼女には、最早、どうしようもなかった。

「大丈夫……大丈夫だから……レ＝ファリア……ッ！」

されど、腐っても《大導師》か。

フェロードは、泣きじゃくるレ＝ファリアを安心させるように弱々しく笑うと、最後の力を振り絞るように、魔力を高めていく。

「こんなやつに……僕らの悲願は邪魔させない……ッ！　あまり……調子に乗るなよ……ッ！　ジャティス……ッ！」

「――ッ⁉」

たちまち賦活するフェロードの絶対的な魔力に、その圧に、グレンが思わず半歩退く。

一体、そんな力をどこに隠していたのか？

そう、彼は《大導師》。天の智慧研究会の最高指導者。

数千年前、古代魔法文明を築き上げ、支配した魔王であり、人類最強の魔術師。

その彼が、こんな所で、この程度で、終わるはずが――……


「いや。だから、君はもう終わりなんだって」


だが、ジャティスが呆れたように、左手から伸びる黒剣に力を込めると。

その周囲に、瞬時に高速展開される術式。魔術法陣がフェロードを捕らえる。

ばちんっ！　と、奇妙な稲妻がその刀身に爆ぜて。

「ぐ、ぁああああああああああああああああ――ッ⁉　ぁあああああああああああああああああああああああああああ――ッ！」

『いぎっ⁉　い、嫌ぁああああああああああああ――ッ⁉』

突然、フェロードとレ＝ファリアが、尋常じゃないほどに悶え苦しみ始めた。

「一度、退場した仇役(かたきやく)が、納得のいく理由もなしに再び舞台へ上がったら、観客達(たち)が興ざめじゃないか。君はそんなこともわからないのかい？」

「うあああああああああッ!?　な、なん……だ……ッ!?　これは……ッ!?　う、動けな……い……ッ！　じゃ、ジャティス……君は一体、僕に何を……ッ!?」

「おやおや、君ともあろう男がまた、随分と蒙昧(もうまい)だねぇ？

なぁに、お約束ってやつさ。……ほら？　古今東西、魔王を退治するのは、いつだって〝勇者の振るう剣〟だろう？」

「け、剣……？」

そう言われて、フェロードが視線を落とす。背後から自分の胸部を貫いて、自身の血に濡(ぬ)れている黒い剣を見下ろす。

それは、かつてジャティスが《鉄騎剛将》アセロ＝イエロから奪い、左腕にした神鉄(アダマンタイト)の剣だ。

だが、フェロードは気付く。

その剣の形状。刻まれた紋様。悪辣なる神々の存在を否定する神秘文字。

その剣の正体は――……

「バカな……ッ！　まさか、これは……偃月刀ッ!?　神殺しの……ッ!?」

まるで未知なる恐怖と遭遇を果たしたかのように、驚愕に顔を歪ませるフェロード。

対し、ジャティスは我が意を得たりとばかりにほくそ笑む。

そんなジャティスへ、フェロードは震えながら言った。

「ジャティス……ま、まさか……君は……君の正体は……か、《神を斬獲——……？」

と、その時だった。


ごうっ！


光り輝く風が、渦を巻く。

渦を巻いて、グレンの周囲を旋回し、そして——

「先生っ！」

「！」

眼前の意味不明な展開に呆気に取られていたグレン。

その周囲に、彼の頼もしい仲間達が展開していた。

システィーナ、ルミア、ナムルス、ル＝シルバ。

彼女達が、グレンと肩を並べ、ジャティスへと対峙する。

そして、システィーナがジャティスの剣に貫かれているフェロードを見て、一瞬だけ哀(かな)しげに目を細める。

だが、次の瞬間、キッ！　と目を怒らせ、激しい剣幕でジャティスへ食ってかかった。

「ジャティス！　貴方(あなた)……一体、どういうつもり!?　この土壇場(どたんば)で、今度は一体、何を企(たくら)んでいるっていうわけ!?」

「決まってるだろう？　僕が人前に姿を現す理由など、昔っから一つさ。即(すなわ)ち——正義の執行」

そう、得意げに言って、ジャティスが指をパチンと打ち鳴らすと。

どくん。

その時、ジャティスを中心に、大地が、海が、空が不穏に震えて。

そして——

「ぁ、ぁ、ぁあああああああああああああああああああああああああああああああああああああああ——ッ!?」

『い、嫌ぁあああああああああああああああああぁぁぁ——ッ！』

ジャティスに串刺しにされたフェロードが、それに寄り添うレ＝ファリアが、さらなる苦悶（くもん）の絶叫を上げた。

フェロードを貫くジャティスの黒い剣の刀身に、見るも禍々（まがまが）しき秘文字の羅列が浮かび上がり、赤光（しゃっこう）に燃え上がる。

すると、それに呼応するように、暴かれるように、フェロードの全身に大量の魔術紋様が浮かび上がる。

それらの謎の魔術紋様は、何かに引き寄せられるようにフェロードの体表面をゆっくりと移動し、フェロードを貫くジャティスの黒剣へと吸い込まれていく。

ぞ、ぞ、ぞ……と。

フェロードの中の何かが、ジャティスの剣に喰（く）われていく。

「あああああっ⁉　ば、バカな……そ、そんな……そんなぁ……ッ⁉」

フェロードが藻掻（もが）いて抵抗しようとするも、まるで剣で空間に縫い付けられているかのように、その身体（からだ）はろくな動作を反映せず、身じろぎ一つできない。

謎の魔術紋様は、フェロードの身体の奥底から染（し）み出すように、次々と体表面に浮かび上がっては……片端から剣へと吸い込まれていく。

その有り様は、ジャティスが、フェロードという存在そのものを食い散らかしているようであった。

　そして、それだけではない。

　異変は、フェロードに寄り添うレ＝ファリアの身にも起こった。

『あ、あ、そ、そんな……わ、私が……私がぁ……ッ!?』

　まるでジグソーパズルのピースのような破片に、分解されていくのだ。

　レ＝ファリアの体が……指先から、つま先から、細かく砕けていくのだ。

　そして、細かな欠片になったレ＝ファリアは、やはり、ジャティスの左手の剣へと、吸い込まれていく。

　それは、もちろんジャティスが絶対の正義の使者として、魔王という巨悪を裁いているという単純な行為ではあり得ない。

　それは――もっと恐ろしいことへの先触れ。

　それを見る者に容易に想像させる、悍ましき光景であった。

　そして、その渦中。そんな状況に陥ったフェロードとレ＝ファリアの狼狽えぶりは、それを証明するかのように凄まじいものだった。

「や、やめろ……ッ！　やめてくれ……ッ！　まさか、君は……ッ!?　そ、それだけは……それだけはやめてくれぇえええええ――ッ!?」

『嫌ぁあああああ――ッ！　私、あなたのものになんかなりたくない……ッ！　私の命は……存在は……あああああっ、誰か、誰か助けてぇえええええ――ッ！』

『レ＝ファリア⁉　ティトゥス！』

そんな二人の様子を目の当(ま)たり(あ)にしたナムルスが、悲痛な叫び声を上げる。

ナムルス――ラ＝ティリカにとって、レ＝ファリアは、同じく外宇宙の神性《天空の双生児(タウム)》。自身という存在の片割れであり、双子の姉妹だ。

それに、フェロード――魔王ティトゥス＝クルォーも、最早(もはや)、ナムルスとは完全に袂(たもと)を分かってしまっているとはいえ、かつての主(マスター)。

そんな者達の苦悶と絶望を前には、さすがのナムルスも冷静ではいられない。

だが――力をほぼ失っている今の彼女には、最早どうしようもなかった。

「おい、ジャティス、テメェ……一体、何してんだ、コラァ⁉」

グレンが一気に飛んで距離を詰め、ジャティスへと殴りかかろうとする。

だが、ジャティスがほくそ笑みながら右手を前へかざすと、その右手の先に魔術法陣が浮かび上がり、グレンとジャティスの間の空間に、虚無の亀裂が走る。

そこに、壮絶な断絶空間が形成される。

「ぐ――ッ⁉」

ジャティスへ続く空間の連続性を崩され、グレンはそこを突破することができない。

グレンの繰り出した拳は、空間の亀裂によって阻まれ、ジャティスへ届かない。

（こいつ……どうやって、これほどの力を……ッ⁉　いつの間に……ッ⁉）

ジャティスの、とっくに人外の領域に達した魔術の技に驚きながらも、グレンはルミアを振り返って叫んだ。

「ルミア！　コレ、お前の力でなんとかなるか⁉」

「今の私の権能なら、決してできないことではありませんが……すみません、すぐというわけには……ッ⁉」

ルミアが焦りの表情で、亀裂へ向かって黄金の鍵を突き出し、魔力を解放するが……本人の言の通り、この断絶空間の突破には時間がかかりそうである。

「まぁ、落ち着きなよ、グレン。最終幕が上がるまで、もう少し時間はあるんだ」

そんな慌てふためくグレン達へ、ジャティスが断絶空間を維持しながら、どこまでも悠然と語りかける。

「僕と君の久々の再会を祝して、ここはゆっくりと積もる話でもしようじゃないか。

なにせ……本当に久しぶりなんだ。

束の間の幕間くらい、旧交を温めあったっていいだろう？」

「反吐が出るぜッ！」

「ははははは、やっぱり変わってないなぁ、君は。……まぁいいさ。

本来なら、カフェで紅茶でも嗜みながら、二人きりで何気ない世間話……と、洒落込みたいところだけど、その調子じゃどうも無理そうだからねぇ。

君が黙って聞かざるを得ない話題、もっとも聞きたい話題について話そうか。

そう……〝なぜ、僕がここに現れたのか？　この僕の真なる目的について〟。

どうだい？　さすがに聞きたいだろう？　興味あるだろう？」

「……ッ!?」

グレンは押し黙る。

今、現在進行形でフェロード——かつての魔王という存在が、ジャティスによって喰われている。

これから《最後の鍵兵団》との決戦などとは、比較にならないほどロクでもないことが起きるのは、最早明白だ。

ならば——まずは知るしかない。ジャティスの真意を。

「……とはいえ。僕の目的を披露する前に、まずこの魔王の真なる目的を、きちんと説明する必要があるね」

「ハ！　ンなもん、とっくに知っとるわ！　【聖杯の儀式】だろうが！」

グレンが吐き捨てるように応じる。

「そこのイカレ魔王はな……禁忌教典(アカシックレコード)を手に入れるため、数千年も前から、ずっと演出家気取りでコソコソ裏工作し続けてたんだよ！」

「ほう？　ということは、グレン。君も禁忌教典(アカシックレコード)の正体には至っているようだね？」

「ああ。……言葉で言い表すのは難しい〝概念〟だがな」

グレンの脳裏に、以前の億光年にわたる魂の旅路の果てにアレの片鱗(へんりん)に触れるという神秘体験の記憶が、否応(いやおう)なく想起される。

そう。アレは一にして全。全にして一。

万物の叡智(えいち)を司(つかさど)り、掌握し、支配するもの。

この無限の多元宇宙世界で、最初に生まれた最初の魂——『原初の一』であり。

この世のあらゆる分枝(ぶんし)世界、あらゆる次元樹の中心にして、この世に存在するあらゆる存在の発生源であり、特異点。

それゆえに、アレにはこの世のあらゆる情報が内包されており、この世の全てを為(な)す連次多元全能の力を持つ。

それを〝神(ゴッド)〟と語る者もいよう。

それを〝根源（オリジン）〟と語る者もいよう。

それを〝真理（エメス）〟と語る者もいよう。

それを〝流出界（アツィルト）〟と語る者もいよう。

それを〝天（ヘヴン）〟と語る者もいよう。

あるいは、それを〝万能の願望器〟と語る者もいよう。

ただの〝巨大な記録媒体〟に過ぎないとする者もいるだろう。

すなわち禁忌教典（アカシックレコード）——ありとあらゆる魔術師が追い求めてやまない智（ち）の最終到達点。

それこそが、天の智慧（ちえ）研究会の、大導師の、魔王の真なる目的だったのだ。

「そして、それを手に入れるための【聖杯の儀式】とメルガリウスの天空城だ。

その儀式の生贄（いけにえ）用に調整された命を、莫大（ばくだい）な数、儀式に捧（ささ）げることで、メルガリウスの天空城から、禁忌教典（アカシックレコード）に至ることができる。

このアルザーノ帝国の人間……あるいは隣国のレザリア王国の連中もだな。全てがその【聖杯の儀式】に捧げるために、長い歴史の中で意図的に用意・調整された生贄だ。

魔王のクソ野郎は、本当に気の遠くなるような長い時間をかけて、【聖杯の儀式】の準備をし続けてきたってわけだ……」

「さすがだね、グレン。どうやら君の魔術師としての位階も相当に上がっているようだ。

僕は正直、嬉しいよ」

ぱちぱちと手を叩いてジャティスは賞賛した。

「その通り。やたら壮大ぶってはいても。いくら経緯が複雑でも。こうして端的に語れば、魔王の目的は〝何か大きな物を得るために、多くの罪なきを犠牲にする〟……ただそれだけの陳腐話だったわけさ。

ちなみに補足すると、メルガリウスの天空城は、《門の神》と呼ばれる外宇宙のとある神性との交信場であり、【聖杯の儀式】はその交信場を駆動させるエネルギー炉でね。

その件の《門の神》とは、この多元宇宙のあらゆる時間・空間と共に存在し、この多元宇宙のあらゆる時間・空間に接しているという、まぁ途方もない神様でね。

その《門の神》の力を使えば、禁忌教典に至る道も開けるという寸法なわけだが……まぁ、今はどうでもいい」

くっくと含むように笑いながら、ジャティスが続ける。

「さて、ここで一つ君に聞くが、この魔王の【聖杯の儀式】計画の話を聞いて……何かおかしいと思った点はないかな？　多分、今の君ならわかると思うんだけど？」

すると。

「は？　おかしい所ですって……？」

話を横から聞いていたシスティーナが、小首を傾げた。

「おかしいって、一体どこが⁉　魔王の目的も、行動原理も、禁忌教典を手に入れるその一点において一貫してて、何も矛盾している所なんか——」

「……いや。ある」

グレンがシスティーナの言を遮って、断言した。

「考えてみれば……足りねえんだよ、【聖杯の儀式】に捧げる生贄の絶対数が」

「……えっ？」

「俺も、この世界石から得たセリカの魔術知識があって、初めて思い至ったことだが……確かにどう計算しても、儀式に捧げる存在総量が圧倒的に足りねえ」

グレンが、手の中の赤い魔晶石を握りしめながら、神妙に言う。

「考えてもみろ、白猫。禁忌教典は、この多元宇宙に無数に存在する、ありとあらゆる世界の根源——つまり、その無数の世界を全て合わせ束ねたものに等しい存在量だ。たかだか一分枝世界の、一、二国家を捧げた程度で、それに届くと思うか？」

「言われてみれば……確かに、感覚的にも無理があるような……？」

魔術の基本は等価交換だ。何かを得れば、何かを失う。

その法則にだけは、神ですら逆らえない。

「禁忌教典は〝一〟にして〝全〟。〝全〟にして〝一〟……とはいえ、たかが一分枝世界の一国家の命を捧げただけじゃ、その〝一〟にすらならねえ。

少なくとも一分枝世界規模相当の存在量……つまり、この世界をそっくりそのまま、まるごと一つ捧げるくらいでねえと……禁忌教典には、到底……」

そんなグレンの言葉を肯定するように。

「その通り。足りないんだよ」

ジャティスがどこか満足げに頷いていた。

「《大導師》……魔王の計画はね、不完全なんだよ。

君が太古の古代魔法文明にて画策し、あるいは、ここ数千年かけて積み上げた【聖杯の儀式】は、そうまでしても結局は不完全……そうだろ？」

「……ッ⁉」

薄ら寒く笑うジャティスの言に、フェロードの表情がはっきりと歪む。

「この程度じゃあ、禁忌教典を掴むなんて、とてもとても！　精々が禁忌教典の片鱗……まぁ、数頁くらいを引っこ抜いて持ってくるのが関の山だろうね」

「おい、ンなこと、今さらどうでもいいだろ」

ことここに至って、いきなり崩れた大前提に、グレンが苛立ったように言い放つ。

「計画が完全だろうが、不完全だろうが、結局、そのクソ野郎が、帝国を食い物にしようとしたクソ悪ってことに変わりねえだろうが！

それに、たった数頁でも、俺達人間レベルでの話で言えば、そりゃ神にも等しい力だっての！　くっちゃべりてーことあんなら、もったいぶんじゃねえよ！」

「おお、怖い怖い。では、本題に入ろうか」

ジャティスは肩を竦めて続けた。

「では、グレン。話は変わるが……君は《無垢なる闇》という名を知っているかい？」

「……《無垢なる闇》だと……ッ⁉」

その名を、これまでの旅路で、ちょくちょくグレンは耳にしたことがあった。

アリシア三世の手記の世界の中で。

古代世界の《嘆きの塔》89階にて、《魔煌刃将》アール＝カーンの口から。

フェロードに見せられた神秘体験──億光年の魂の旅路の果て《意識の海》にて、それらしき存在と接触したこともある。

現在進行形で、マリア＝ルーテルを核に、世界各地で根を張って育っている邪神兵も──いかなる手段で従えたか与り知らぬが、もともとは《無垢なる闇》の眷属だ。

「その顔……やはり、君なら当然、知っていると思ったよ！」

ジャティスは熱に浮かされたような笑みを浮かべた。

「《門の神》！　《炎王クトガ》！　《金色の雷帝》！　《風神イターカ》！　そして——《天空の双生児(タウム)》！　エトセトラエトセトラ——

この次元樹の外側——外宇宙には、数多(あまた)の壮絶なる力を持った神性達が存在する！

基本、彼らはただの無色の暴威であり、善悪概念など存在しない！

ゆえに、彼らを〝神〟と評するのは、本来間違いなのさ。人知の及ばぬ存在を、人がそう形容しただけに過ぎない。

だが、いくつか例外はある。その一柱が——《無垢なる闇》」

「……ッ！」

「〝虚無に笑う道化〟……〝這(は)い寄(よ)りし恐怖〟……〝貌(かお)無き邪悪〟……〝宵闇の男〟……〝混沌(こんとん)の獣〟……〝嘆く暗黒〟——即(すなわ)ち、《無垢なる闇》。

万千の混沌色彩が織りなす、真なる闇たる彼の者だけは、無色ならず真っ黒だ。

彼の者は、全宇宙、全世界、全知的生命体の敵。

他の無色の暴威達とは異なり、あらゆる生命を玩(もてあそ)び、自滅させ、破滅させ、あるいは自ら滅ぼし、虚無へと帰す……己が愉悦と欲望のためにね。

無色の暴威は、神にはなり得ない。神とは自らの意思をもって、人に干渉し、人を導く存在であるからだ。大いなる力であると同時に、大いなる意思であるからだ。

それは宗教的概念神だろうが、世界的実在神だろうが変わらない。

ならば、自らの意思をもって、人を破滅に導く存在は？

わかるだろう？　グレン。《無垢なる闇》は──〝邪神〟。

本当の意味で、この世界に存在する唯一の〝神〟であり……〝邪神〟なんだよ」

と、その時だった。

「そう……だ……ッ！　そう……なんだ……ッ！」

息も絶え絶えに、フェロードが口を開いた。

ごほっと血の塊を吐き出し、震えながら、絞り出すように言った。

「君達……この世界の人間には……そ、想像もつかないだろうけど……ッ！

この世界は……いや……この世界に限らずこの宇宙、この次元樹に存在する全ての分枝世界は……いつだって、その……《無垢なる闇》に、狙われているんだ……ッ！」

「…………なんだよ、それ…………？」

グレンは言葉を失った。

話が唐突にデカくなりすぎて、そうする以外の反応を思いつかなかった。

「運命の星辰（せいしん）を読めばわかる……この世界にも、そう遠くない未来、《無垢なる闇》は必ずやってくる……必ず……ッ！　必ずだ……ッ！

君達にとっての絶望――掛け値なしの脅威が、あの遥か空の彼方から、この世界へと来訪するんだよ……ッ！　無慈悲に……ッ！　理不尽に……ッ！」

「…………………」

「《無垢なる闇》に目をつけられた世界の末路は……悲惨だ……ッ！　その圧倒的な力で世界をひと思いに塵へと帰すなら……まだ、有情……ッ！

やつは……人の社会に紛れ込み、暗躍し……人の愚かさや未熟さにつけ込み……必ずその世界を、泥沼の掃き溜めのような生き地獄へと導き、最後は滑稽に自滅させる……そうやって、いくつもの分枝世界が……やつの気まぐれによって滅ぼされてきた……ッ！

かくいう……僕が……以前、いた世界だって……やつの手で……ッ！　げほっ、ごほっ……ッ！」

「…………………」

「どういうわけかわからないが……《無垢なる闇》は……そうやって、人間が愚かしく自滅していく様を……滑稽な在り方を……人間の嘆きを、叫びを……痛みを、苦悶を、絶望を……何よりも愛している……ッ！」

「…………………」

「だから……だから、グレン……以前、君に言っただろう⁉　僕は、ただ――……」

そこまでフェロードが、血を吐くような思いで言ったところで。

「〝人類を救済したかった〟。……禁忌教典(アカシックレコード)の力をもってしてね。そうだろう？」

その言葉の先を紡(つむ)いだのは、ジャティスだった。

「グレン。彼はね、その中途半端(ちゅうとはんぱ)な【聖杯の儀式】で千切り取った、禁忌教典(アカシックレコード)の断片でね……次元樹から、この僕達が住まう分枝世界を切断し、外宇宙から隔離しようとしたんだ。そうすれば、《無垢なる闇》はこの世界に干渉できない。永遠にね」

「……バカな！」

グレンが、はっとして思わず叫ぶ。

「そんなことすりゃ、この世界は、もうどこにも向かわない！　時の流れは完全に停滞し、全ての生命に存在価値なんか何もなくなるじゃねえか！　人の意思も、世界も……ただ、そこにあるというだけの置物になるじゃねえか⁉」

要は、かつて古代に帰還したセリカが苦悩の末に取ろうとした手の、もっと大がかりバージョンだ。

「確かに問題だね。それでは人間は生きているとは到底言えない。

しかし、その点にも、この彼は一応の答えを出している。

この彼はね、皆で……この世界人類総出で〝夢を見よう〟って考えているのさ」

「……夢……？」

「知っているだろう？　時間や空間に縛られる肉体や霊魂とは違い、精神は自由だ。自分自身が夢と認識できない夢を見続けられれば……それは生きているも同然。人類全員でそれぞれ夢を見続ければ、世界は不滅……この彼はそう考えたんだ。

それが魔王の……《大導師》の……彼の〝最終目的〟だ」

「そう……だ……そして……それは、人にとっての理想郷でもある……ッ！　止まった時の中で……誰もが自分にとって真に幸福な夢を見続けることができる……ッ！　永遠に……となれば、もう世界は飢えや貧困、病気や戦争に喘ぐこともない……ッ！

本当の意味で、この世界は救われるんだ……ッ！

ひょっとしたら……君にもいるんじゃないか……？　もう二度と取り戻せない、大切なもの、大切な人……僕の夢の理想世界では、それすらなかったことにできる……取り戻せる……ッ！　素晴らしいと……君は思わないか……ッ⁉」

ふと、グレンの脳裏に、二人の女性の姿が浮かんだ。

一人は——つい最近離別した、金髪の。

もう一人は——懐かしい、白髪の。

「……………………」

「そのためには……仕方なかったんだ……ッ！　一つや二つの国を犠牲にする程度は……………いつか必ずやってくる《無垢なる闇》から……多くを守るためには……あの無残で無意味な地獄の滅びを回避するためには……仕方なかったんだよ……ッ！

わかるだろう……ッ⁉　だから……僕は……ッ！」

フェロードの、そんな揺るぎなき正義と自信、長年の妄念を。

「ああ、わかるよ。なんて――実にくだらない」

ジャティスは、たった一言で、叩き斬って捨てていた。

「……な」

言葉を失うフェロードに、ジャティスが蕩々と語り始める。

「それが、君が数千年もかけて準備した陰謀の最終目的かい？

夢だって？　夢の中で生きるだって？

そんなものに一体、何の意味があるんだ、バカバカしい。

痛みと嘆きと苦しみを背負って、泣きながら自分の足で歩いてこそ人間だろう？

そんな尊き人間性を、手前勝手な理屈で剝奪しておいて、よくもまぁ、救世主面できるな、このド畜生クズが。

痛みだけを放棄した幸福なる永遠？　それはもう人間じゃない、堕落の亡者だ。

君のしようとしたことは《無垢なる闇》と何一つ変わらない。全殺しするか、生殺しにするかだけの差だ。本人が正しいと思っているだけ、なお反吐が出る。

断言しよう。君は掛け値なしの邪悪だ。唾棄すべき悪徳だ。断罪すべき大罪だ。

覚悟するといい、僕が君の罪を裁く」

ジャティスが……嗤った。

世界の気温が一気に絶対零度を振り切るような……そんな嗤いだった。

「そ……そんなことは……わかってる……ッ！　本当は……僕が間違っていたことくらい……ッ！」

最後の力を振り絞るように、フェロードが抵抗を試みる。

腕を伸ばし、自身を貫くジャティスの剣を掴む。

「でも、怖かった……ッ！　そうしないとやっていられなかった……正気を保っていられなかったんだッ！　以前の世界を救えなかった……世界を無残に蹂躙された記憶が、どれだけ時間が経っても拭えなかったんだ……ッ！」

『……ティ、トゥ、ス……まさか、貴方……それで……？』

そんなフェロードを、ナムルスがじっと見つめている。

ただ、じっと……感情の読めない表情で見つめている。それしかできない。

そして、フェロードは、その場の者へ問いかける。これだけ長き時を生きて、なおわからなかった問いの答えを求めて……今、彼は魂から叫ぶ。

「でも……だったら、僕は一体、どうすれば良かったんだ⁉　この世界を守るために……僕は一体、どうすれば良かったんだッ⁉」

すると。

「何、簡単なことさ」

ジャティスが、さらりと、事もなげに言った。

「ブチ殺せばいいじゃないか……《無垢なる闇》を」

そんなジャティスの言葉に。

「「「…………………………」」」

その場の誰もが絶句した。絶句するしかなかった。

一同の胸中は、誰もが一字一句違わず一致している。

すなわち──〝こいつは、一体、何を言っているんだ？〟

「どうして、皆、こんな単純な解決策がわからないんだい？　そんな邪悪な神が、この世界を脅かすのであれば、そんなもの、とっとと討ち滅ぼしてしまえばいい。

それこそが、人間のかくあるべき姿だ。

人間が、たかが神ごときに屈してなるものか。

荒ぶる自然を、暴威なる外敵を、多くの犠牲を払いながら、知恵と勇気を振り絞って克服し、未来へ繋ぐ……それこそが人間じゃないか。人の強さであり尊さじゃないか。

君が、あの《封印の地》にて、僕に接触した時……君が日和らず、邪悪なる神を殺すと提案すれば、あるいは、僕も君に協力したかもしれなかったのにねぇ？」

「…………………」

外宇宙の邪神──しかも、その中の最強格を斃す。あまりにもスケールが大きすぎて、殆どの者が、その真の意味を実感として理解できまい。

だが、グレンとシスティーナだけはわかる。

神秘体験をしたから。

自らの矮小さと無知さを知り、人知の及ばざる〝大いなる〟を識ったから。

だから、心に浮かぶ言葉は、ただ一つだ。

「何を……バカなことを……言っているんだ……ッ⁉」

その場にいる全ての者の胸中を代弁するように、フェロードが叫んだ。

「君は……《無垢なる闇》の恐ろしさを……力を識らないから、そんな大口を叩けるんだ……ッ！」

「識ってる。ああ、僕は誰よりも、ようく識ってるよ」

「できるわけ……ないだろう……ッ⁉　人の身で……神に抗うなんて……そんなこと、できるわけないだろう……ッ⁉」

「できる。やれる。

僕は、この世界における今から三年前、《封印の地》で、君の導きによって、この世界の真実の姿と、僕が自身の全てをかけて討ち滅ぼすべき邪悪の存在、僕が超えるべき者の正体を識ったあの日から……いや、遡れば、遠く幼きあの時から。

……ずっと、そのために、生きてきたのさ……ッ！」

そう揺るぎなき信念と、狂気に彩られた顔で宣言して。

ジャティスが腕を振りかざす。

その瞬間。

どくん……

フェジテが……否（いな）、この世界が胎動した。

「な、なんだ……ッ!?」

大地が鳴動している。

フェジテに佇（たたず）む全ての人間達（たち）が、大地が上げた不穏な慟哭（どうこく）に慌てふためいている。

やがて――

フェジテそのものが壮絶な赤光（しゃっこう）を上げて、光り始めた。

超巨大な赤い光の柱が天を衝（つ）き、フェジテとその周辺全てを包んでいったのだ――

『こ、これはまさか……ッ!?　【聖杯の儀式】の発動!?　嘘（うそ）！　どうして!?』

ナムルスが狼狽（うろた）えきって、叫ぶ。

「簡単なことさ。僕が彼から、彼が数千年かけて積み上げてきたものを全て奪った。

【聖杯の儀式】の制御権能……信仰兵器《邪神兵》の支配権限……《空の天使》レ＝ファ

リアの契約とその権能……天空城の主導権……その全てを根こそぎ奪ってあげたのさ」

見れば。

　レ＝ファリアの姿は、すでに消失(ロスト)している。彼女はピースに分解され尽くされ、存在の全てをジャティスに吸収されてしまっていたのだ。

「なぜ、そんなことをするかって顔だねぇ？　言ったろう？　正すためだよ。この魔王が積み上げたものを、僕が正しい形で引き継ぐために……この世界に真なる正義を為(な)すためにね……ッ！」

「ジャティスぅうううううう──ッ！」

　その時、我に返ったグレンが吠(ほ)える。

「てめぇ……まさか、フェジテの連中を【聖杯の儀式】に捧(ささ)げて、禁忌教典(アカシックレコード)を横取りしようって腹づもりかッ!?」

「嫌だなぁ、グレン。今さら、この僕がそんなチャチなことするわけないだろ？　君にそこまで低く見られるのは、哀(かな)しいよ」

「ほざけ……ッ！　このドグサレ野郎ッ！」

「大体、君は話を聞いていたのかな？　そんなことをしたって、真なる禁忌教典(アカシックレコード)を掴むことはできない。精々がその断片……数頁(ページ)むしり取れるくらいだ。

そんなものに何の意味があるんだい？　さすがにその程度で殺されてくれるほど、《無垢なる闇》が甘い存在じゃないってことくらい想像つくだろう？」

その瞬間だった。

カッ！


フェジテを覆い尽くしていた赤光の柱が──瞬時に四方八方へ拡散した。

光はフェジテを中心に、光の速度でアルザーノ帝国を、セルフォード大陸を、このルヴァフォース世界そのものを駆け抜けて、駆け抜け続け。

その世界の果ての隅々まで、舐め尽くした。


そんな赤光と共に、世界の空が──歪む。

次元と空間そのものが歪んでいく。

理解できる者は理解できるだろう。今、世界中の空が、地上からとある高度を境に、物理法則が何一つ通用しない異界へと変貌したことに。

そして──世界中の空に『メルガリウスの天空城』が出現した。

ありとあらゆる国家の、ありとあらゆる人々の頭上に、等しくその空の城の偉容が、まるで重くのし掛かるように出現したのである。

別に、天空城の数が増えたわけではない。天空城は元より一つだ。

時空の歪みが、そうさせたのか。

地上の、この世界の全てが、天空城の真下に置かれてしまったのである。


そして——やがて、拡散する光は収まった。

空は、まるで血で染めたかのように真っ赤だ。

世界中の空が、焼け爛れたような破滅の黄昏色に染まったのである。

フェジテの人々は、一体何事かと目を瞬かせ、互いに顔を見る。

今、この場にいないこの世界の全ての人間が、突然、頭上に現れた城の姿に、真っ赤に染まった空の色に、似たように訝しみ、目を瞬かせていることだろう。

「……何をした？」

グレンが震えながら、そう問う。

本当はわかっている。今、この世界で何が起こったか、グレンは理解できている。

今のグレンには、外付けの超絶情報魔導器——《世界石》がある。

それがグレンへと与える知識が、叡智が、今、この世界に起こった恐るべき事象をグレンへ強制的に理解させる。

だが、理解したとて……ジャティスへ、それを問いただださずにはいられなかった。

「てめぇ、今、一体、何をしたぁああああ──ッ!?」

一縷の否定と安心を求めて。

しかし──

「【聖杯の儀式】の有効範囲を広げただけさ。フェジテ周辺の限定領域から……この全世界へ」

グレンの微かな期待は、呆気なく木っ端微塵に打ち砕かれた。

それが意味することはつまり。

「ジャティス、お前……まさか……まさかぁ……ッ!?」

「気付いたようだね。さっき、君が言ってたもんね。たかだか一分枝世界の、一国家を捧げた程度では、到底、禁忌教典には届かない。一分枝世界規模相当の存在量──この世界をそっくりそのまま、まるごと一つ捧げれば届くってね……ならば、捧げればいい。それだけさ」

すると、フェロードが震えながら、命の残り火を絞り出すように問う。

「バカな……そんなこと……許されるとでも……ッ⁉」

「許される？　それこそ何を言ってるんだ、魔王」

フェロードの非難を、ジャティスは一笑に付す。

「真なる正義の執行に、誰かの許しなど必要なし！　そも、僕がやっていることは君と同じさ！　大を生かすために小を殺す。ただ、その規模が君とは段違いに異なるだけで」

ぐうの音も出ないフェロードに代わり、グレンが罵倒する。

「お前……ッ！　お前ぇ……ッ⁉　ふざけんのも、大概に――」

「さぁ、人の革命の始まりだ！　神への反逆の狼煙（のろし）は上がった！

僕はこの世界の全てを犠牲にして、禁忌教典（アカシックレコード）を手に入れ……真なる邪悪《無垢（むく）なる闇》をこの手で斃すッ！

この世界に――否、失敬、僕の〝世界（それ）〟と、君達の〝世界（それ）〟では、最初から根本的な言葉の定義が違ったね！　こう言い直そうか！

僕にとっての世界――この、全多元宇宙に真なる正義を知らしめるッ！

この世全ての悪の権現（ごんげん）たる《無垢なる闇》をこの手で断罪し、僕は真なる意味で、全てを救済する至高かつ究極の《正義の魔法使い》となるのさッッ！

ははははは――はははははははははははははははははははははははははははははははは

ははははははははははははははははははははは——ッ！」

——。

世界中の空に、一つの天空城が現れた、その日。

世界が、底なしの真なる絶望に包まれた。

世界の終焉(しゅうえん)と崩壊は、あまりにも唐突に始まった。

——。

「ねぇ、お母さん……アレ、なあに？」

「……え？」

それは——とある一辺境の、とある村で。

——。

「な、なんだなんだ……ッ!?」

「い、一体、何が起こっているんだ……ッ!?」

それは――とある一地方の、とある町で。

――。


「ああああ、あ、あ、あれは……あれはぁ……ッ!?」

「う、嘘だろ……あんなの、嘘だろぉ……ッ!?」

それは――とある一国家の、とある都市で。


その大災厄は――起こった。

大地を割って、食い破って、天を衝くように、そいつらは現れたのだ。

それは――〝肉の柱〟。

まるで奇怪な深海魚をミンチにして混ぜたような、悍（おぞ）ましき不定形の肉塊の柱。

表面から無数の触手が蠢（うごめ）き、震え、蠕動（ぜんどう）し、その全身に巨大な目が開き、生理的嫌悪（けんお）感を催すような蠕動を繰り返している異形の怪物。

それは高く、そして太く——まるで雲を衝く塔や巨人のように強大で、その天辺に開く大口は、げに悍ましく冒瀆的な異様は、まるで混沌の狂気の具現。

ああ、知る人ぞ知ろう。

そして、知っていることを海よりも深く後悔し、絶望しよう。

それは——無垢なる闇の眷属、《邪神兵》の〝根〟。

ルヴァフォース聖暦1600年代に勃発した魔導大戦にて、壮絶なる猛威を振るった《信仰兵器》——その絶望の形の具現である。

そして、その大災厄は、このルヴァフォースという世界の、ありとあらゆる場所で、同時多発的に起こった。

アルザーノ帝国で。

レザリア王国で。

東のガルツで。

南東部のセリア同盟・各都市各諸国で。

南原のアルディアで。

緑のタリーシンで。

砂漠のハラサで。

極東の日輪国で。

極南東のアルマネスで。

平野で、海で、草原で、山岳で、湿地で、林で、雪原で、海峡で、陸で、渓谷で、河川で、山脈で、草原で、丘陵で、沼地で、平原で、森林で、台地で、湖畔で——

この世界のあらゆる場所に、その〝肉の柱〟達(たち)は、まばらに出現して聳(そび)え立(た)ち。

そして、その天辺の大口を開き、その胴体部分に並ぶ大口を開き——

——世界を、喰い散らかし始めた。

絶望と恐慌(きょうこう)が、全世界を染め上げた。

————。

「はははははははは——ッ！　あっはは——ッ！」

「ジャティスゥウウウウウウウウウ——ッ！」

フェジテの空に、ジャティスの熱狂的な哄笑と、グレンの憤怒と罵倒がどこまでもアンサンブルする。

その上空には、ジャティスの魔術によって、このルヴァフォース世界の各地の映像が、大パノラマで映し出されている。

世界が、名状し難き悍ましき何かによって、浸食され、貪り喰われていく様を。

喰われた端から、世界が〝虚無〟になっていく様を。

狂気と絶望と恐怖で、人々が逃げ惑う様を。

それは——まさに地獄絵図であった。

「わかるかい？　グレン。こうして《邪神兵》の〝根〟を利用して、【聖杯の儀式】にこの世界の全てを捧げ——僕は禁忌教典を掴む。

元より、魔王の手によって生み落とされて、背徳の罪に塗れたこのアルザーノ帝国も……正義の礎たる竈となり、世界という薪を焼べて炎上する役目を果たせば、充分にその罪は濯がれるというものだろう？」

「何を……勝手言ってやがる……ッ!?」

「後は任せてくれよ、グレン！　僕は必ずや《無垢なる闇》を斃し、正義を為す！

君達の、この世界の犠牲は、決して無駄にはしないッ！　不退転の決意をもって、かの難敵に挑むと誓おう！　ははははははははははははは――ッ！」

「や、止めろぉおおおおおおおおお――ッ！」

そんなジャティスへ縋るように懇願したのは……フェロードであった。

「頼む……止めろ！　止めてくれ……ッ!?　君は自分が何をやっているのか、わかっているのか!?　《邪神兵》の運用は、協力者の……パウエルの存在が必要不可欠なんだ……ッ！　すでに彼が滅んだ今、君が迂闊に《邪神兵》を動かせば……ッ！」

「それは、僕の望むところさ」

ジャティスがさらりと答えた。

一体、そのやり取りに、どういう意味があったのか。

ただ、ジャティスの返答に、フェロードは呆気に取られたかのように、口をパクパクさせるだけであった。

ジャティスの目には、熱に浮かされたような狂気の光が爛々と満ちている。

だが――同時に、壮絶に研ぎ澄まされた理性と意思の光も輝いている。

相反する概念を矛盾することなく内包させているその双眸。

ジャティスは――〝本気〟だった。そして、恐るべきことに〝正気〟だった。

ジャティスは、神を殺すという、揺るぎなき意思を抱いている。

そして、それを為し上げるだけの壮絶なる力を、その身に練り上げている。

「信じ……られない……一体、君のその力はなんなんだ……？」

血をげほっと、吐いて。

フェロードが、ぼそぼそと力なくジャティスへ問いかける。

「ただの人間に……どうしてこれほどまでのことができる……？　なぜ、この僕を遙かに超えるような……神に等しき魔術を……？　ただの人間の君が……一体、なぜ……？」

そんなフェロードの問いに。

「そりゃあ、僕だって、ここまでの領域に至るまで、実に苦労したさ。

そうだね……五億年かかった」

「……は？」

「…………ん？」

次から次へと、とんでもない言葉が口から衝いて出るジャティスに、フェロードも、グレンも、最早、脳内処理が追いつかない。

「ご、五億年……？」

「そう、五億年。まぁ、どんな人間でも、五億年間、一生懸命お勉強すれば、そりゃあ、限りなく真理へ近い領域まで到達もするさ」

「な、なぜ……君は……そんな……？」

「ははは、おいおい魔王。忘れたのかい？

君が、あの時、この僕を、この世界から、異次元へ追放して……〝留学〟させてくれたんじゃないか。

あのお陰で、僕はこの多元宇宙の《時の最果て》に存在する《大図書館》と呼ばれる領域に辿り着いた。

そこには、禁忌教典には及ばないが、それでも絶大なる叡智が、時の流れるままに忘れ去られた知識が、積み上がっている。時の頸木からも解放されている。

時間を気にせず、ゆっくりお勉強するには、もってこいの場所だったよ。

僕はこのために、あの時、わざと君に次元追放されたんだ。あの時の僕の位階じゃ、到底、次元の壁を超えることなんてできないからね。君を利用させてもらった。

……〝読んでいた〟ってやつさ」

「バカな……あの次元追放から、《時の最果て》の《大図書館》に辿り着いただって？

それが、一体、どれほど天文学的確率だと……」

「まぁ、ある程度、虚数の時空間を流される方向は、僕が目処をつけて制御したけどね」

ジャティスが誇らしげに胸を張って、微笑する。

「それでも、僕の計算によれば、無事に《大図書館》へ到達できる確率は……769259094829457994285989584285498525989285879898295829852985298529542958259828529859284285290914647029817631536478596006258944175490873524379070795783652426475869584736352859085938387637814354380594375478473254739143276549483725243647858473625263273838336352443099876554132456748494300988999776252798756713242562789900098477466352441112780099847653554889766456513268986775665428990013245638948765367118299058746465334241177890397587464653分の1かな？

ちょっと、分の悪い賭けだったけど、僕は勝った」

それを聞いたフェロードは、もうガタガタと震えるしかなかった。

その震えが、一体、何に由来するのかもわからぬままに——

「あ、……あ、ぁ……仮に……なんらかの……奇跡が起きて、そうなったとして……五億……？　五億年なんだよ……ッ⁉

そ、そんなの……人の精神が保つわけがないッ！　自我を保てるわけが……ッ！」

「ん？　別に？　普通に保ったけど？」

ジャティスはそれこそ、なんでもないことように嘯く。

「まぁ、ほら、あれだ。よく言うだろう？　〝人の想いは力。強く信じて真っ直ぐ歩み続ければ、いつかきっと願いは叶う〟ってやつじゃないかな？

たかが、数百年や数千年程度の時間で、自我の輪郭が崩れるようなやつは、ただの意志薄弱だろう？　違うかい？」

そんなジャティスの、わりと巷に広く知られた、定番の格言に。

普通の人間とは、その用法が根本的に、絶望的なまでに間違っている使い方に。

「…………………」

しばらくの間、フェロードは絶句して。

やがて、絞り出すように、ぼそりと言った。

「……ジャティス……君は……もう……人間じゃないよ……」

その言葉を最後に。

ついに精も根も、何もかもが尽き果てたフェロードの全身から、力が抜けた。

ずるり、と。

フェロードの身体が、ジャティスの左手の刀身から抜け、虚空へと墜落していく。

「お、お爺——……ッ！」

システィーナが、そんなフェロードへ思わず手を伸ばしかけるが。

恐らく、最後の何らかの力を振り絞ったのだろうか？

不意に、落下していくフェロードの身体が、そのまま空に溶けていくように、消えていくのであった。

「〜〜〜ッ⁉」

なんとも苦々しい顔で、消えていったフェロードを見送るシスティーナ。

対し、ジャティスはもうそんなフェロードには用はないとばかりに、グレンを真っ直ぐに見据えていた。

ばきんっ！

そして、丁度その瞬間、グレン達とジャティスを隔てていた空間断絶が、ルミアの手の鍵によって、解除される。

両者の隔たりが完全になくなる。

なくなった瞬間、グレンとジャティスによるこの世の地獄のような戦いが始まるかと思われたが。

「…………」

「…………」

ことここに至って、両者は涼やかに佇み、互いに互いを睨んでいた。

びゅう、びゅう、びゅう……

真っ赤な黄昏に燃える上空を、冷たい風が吹き荒んでいる。

風の音しか聞こえない。……静かだ。

今、この瞬間、この世界の各地で発生した〝根〟が、この世界そのものを食い荒らしている……そんな事実が信じられないほどに、その場は静謐だった。

まさに、それは嵐の前の静けさ。

やがて。

そんな静謐を打ち破るかのように。

正真正銘最終章、最後の舞台の幕を上げるように。

ジャティスが口を開き、その沈黙を破る。

「グレン、覚えているかな？　以前、僕は君にこう言ったよね？　〝いつか、僕と君の頂上決戦に相応しい、極上の舞台を心を込めて用意してあげる〟って」

「…………」

「どうだい？　今、整ったよ、その舞台が。僕らの雌雄を決するに相応しい状況、相応しい大舞台が……今、ここに、ついに整った」

「…………」

「そして、僕も君も、紆余曲折あって……互いに、その大舞台の決戦に相応しい力を練り上げてきている」

すると、グレンはしばらく無言を貫いて。

「これが……こんなものが……お前の目指した〝正義〟か？」

感情の読めない、妙に底冷えする声で呟（つぶや）いた。

「ああ、そうだよ、グレン。これが僕の〝正義〟だ。

完全で、絶対的で、圧倒的で、問答無用の……絶対正義だ」

ジャティスが穏やかに笑いながら、言葉を続ける。

「だって、これを正義以外になんと呼ぶ？

たとえば、この多元宇宙において、今、この瞬間、此処（ここ）とは違う場所と時代で……いくつもの世界が《無垢（むく）なる闇》によって、無残に滅ぼされ続けている。

数多（あまた）の人間が絶望に噎（むせ）び、嘆き、苦しみ、《無垢なる闇》の慰みものになって、その命を無残に、残酷に散らしていっている。僕達が与（あずか）り知らぬだけでね。

だが、僕がその不幸と嘆きの連鎖を止める。諸悪の根源を討つ。

代わりに、この世界が犠牲になるが……その他の世界の全てが救われる。この次元樹に存在する数多の世界が救われる。たった一つの世界を犠牲にするだけで。

……これを正義と呼ばずして、なんと呼ぶんだい？」

「何度も何度も言うが……テメェの理屈はいつだって、クソだ。てめぇこそ、神サマ気取りかこの野郎。自惚（うぬぼ）れてんじゃねえぞ」

「確かに。自惚れかもしれない。

傲慢かも知れない。人の領分を外れた所業かもしれない。

だが——僕は、努力した。邁進し続けた。挑み続けた。悩み、苦しみ、考え続け、一切の妥協をすることなく、力を練り上げ、ひたすらに、ひたむきに歩み続けた。

そして——僕は、僕が考える至上の〝正義〟を、ここに提示した。

なら……君は？　どうだい？　グレン」

「……ッ⁉」

「この僕が示した〝正義〟に対し、君の〝正義〟はどうする？

ただ、自分の手の届く範囲の人、目に入る世界だけでも救えればいいのかい？　そんな小説や戯曲の主人公に、わりとありがちな安っぽい〝正義〟で満足するのかい？

それとも、《無垢なる闇》という掛け値なしの絶対悪・邪悪の存在には目を瞑り、世界の裏に隠れ潜む底なしの悪意などそ知らぬ振りをして、仮初めの平和を享受する虚構の世界を是とするのかい？　どうなんだい？」

「黙れ……ッ！　お、俺は……ッ！」

「わかるだろう？　決着の時だよ、グレン。

僕の〝正義〟と、君の〝正義〟。果たして一体、本当に上なのはどちらなのか……ついに、ついに真に決着する時が来たんだ。どちらが真なる『正義の魔法使い』に相応しいか……それを決する時が来た」

そう一方的に言い捨てて。

ジャティスが腕を振り上げると……

こうっ！　と、遙か高きメルガリウスの天空城の下部位より、光がジャティスへと降り注ぐ。

そして、その眩き光の中に、ジャティスがゆっくりと昇華するように消えていく。

「………………」

グレンはただ、黙ってそれを見ているしかない。

「グレン。君がいかなる〝正義〟を掲げようが……少なくとも、君が愛するこの世界を現在進行形で蝕む滅びから救うためには……君は僕を斃すしかない。

そうだよ、僕らはもう互いに否定し合い、殺し合うしかないんだ。

僕は、あの遙かいと高きメルガリウスの天空城……その最深部にて、君を待つ。

最終決戦だ……文字通りの、ね」

そう言い残して。

ジャティスは……光の中に、完全に消えていくのであった。

やがて、天より降り注ぐ光は収まる。

再び、冷たく吹き荒ぶ風音のみが響く、静寂が辺りを支配する。

「せ、先生……」

不安げなシスティーナの呟きが、風に流されていく。

「…………」

グレンは、いつまでも、空に浮かぶ幻の城。

メルガリウスの天空城を、見上げ続けるのであった。

第二章　全ての終わりに向かう旅立ち

――こうして。

天の智慧研究会の《最後の鍵》計画――《最後の鍵兵団》との決戦は、幕を下ろした。

その戦いの結果だけを見れば、大金星である。

《最後の鍵兵団》は、消滅。

天の智慧研究会の構成員・幹部クラス、共にその全てを撃破。

組織の最高指導者《大導師》フェロード＝ベリフは行方不明だが、すでにその魔術師としての能力は全て失われ、完全に再起不能。

事実上、天の智慧研究会は滅んだのだ。

今、帝国軍は、かの組織との長きに亘る闘争の歴史に、完全なる終止符を打ったのである。これは歴史的快挙であった。

……だが。

ことここに至り、新たなる脅威、新たなる絶望がこの世界に牙を剝く。

元・アルザーノ帝国宮廷魔導士団・特務分室執行官ナンバー11。

《正義》のジャティス＝ロウファン。

彼が、新たなる世界の最大最凶の敵として、人類の前に立ちはだかったのだ。

《大導師》フェロード＝ベリフ——魔王が数千年をかけて積み上げたものを、そっくりそのまま横掠いし、さらなる最悪の災禍を積み上げて、この世界そのものに敵対したのである。

現在、ジャティスが喚び寄せた、無数の《邪神兵》の〝根〟が、世界各地で、世界そのものを食い荒らしている。

そんな常識外れの光景に、事態に、あまりにも現実感がなく、実感がわかなかったフェジテの人々も、アルザーノ帝国上層部の生き残りも。

時が経ち、冷静になるにつれ、さらには次から次へと世界各地から届けられる絶望的な報告と事実に、徐々に実感と共に確信する。

今——この世界は、ゆっくりと滅びに向かっているのだ、と。

この世界に、終焉の時が来たのだ、と。

――――。

そして、フェジテでの決戦から慌ただしく三日が経過して。

ルヴァフォース聖暦1854年ノヴァの月四日――


『……各地の状況は以上です。女王陛下』

「ありがとうございます、司教枢機卿」


そこは、フェジテのアルザーノ帝国魔術学院本館校舎のとある一室。

先の戦いの余波で、見るも無惨にボロボロになった校舎、部屋ではあるが、そこが今のアルザーノ帝国元首、アリシア七世の臨時執務室だ。

今、そこには魔導通信の法陣と機材が運び込まれ、大きな結晶体が設置されている。

その結晶体は虚空に向かって光を放ち、虚空に男性の映像を投射している。

その男性――齢四十を超えるとはとても思えない、古典彫刻のように整った顔立ちの美丈夫の名は、ファイス＝カーディス。

隣国のレザリア王国の聖エリサレス教会教皇庁の司教枢機卿であり、現在、トップを失って完全に機能不全に陥ったレザリア王政府と教皇庁をまとめ上げ、事実上、レザリア王国の国家元首を務めている男である。

先の首脳会談での暗殺事件と《最後の鍵兵団》によって、レザリア王国が多くの指導者や国民を失い、大混乱する最中、運良く残った王国軍、教皇庁神聖騎士団などをまとめ上げて指揮し、被害を最小限に抑えつつ、辛うじて秩序を保っていた才人である。

だが、そんなファイスの辣腕をもってしても……今回の件には、精神的に参っているようだ。映像投射魔術を通してアリシアと向き合うファイスの顔には、色濃い疲労と憔悴が見て取れた。

『しかし、不思議なものですね。ここ、レザリア王国領からも、頭上に天空城が見えるという奇妙な光景は……』

「そうでしょうね」

『それはさておき、世界各地に散発的に発生した〝根〟は……ゆっくりと、この世界そのものを喰らっています。そして、確実に〝虚無の空間〟を広げていっているでしょう。ただ、その暴食の進行速度がさほどでもないのだけが不幸中の幸いです。

とはいっても、各地からの情報と報告から計算するに……一ヶ月もあれば、この世界は完全に食い尽くされてしまうのですが』

「……そう……ですか……」

アリシアが目を伏せる。

その件については、残存帝国軍も独自に各地から情報収集はしていた。

この世界の滅びの速度については大体、似たような分析だ。

そう、後、一ヶ月。

後、たった一ヶ月で――この世界は、呆気なく滅んでしまうのだ。

何も無くなってしまうのだ。

「……司教枢機卿。その心中、お察ししますわ」

アリシアは、この〝根〟が、《無垢なる闇の巫女》マリア＝ルーテル……ファイスの実の娘を核として招来されていることを思い、目を伏せる。

『お気遣い感謝いたします。ですが、今は……話を続けましょう』

己の感情を鉄の意志でねじ伏せ、ファイスは続けた。

『調査の結果、各地で発生した〝根〟は、それ一つ一つが単独で独立した存在……というわけではありません。

いわゆる、それらは枝分け……いわば〝主根〟に対する〝側根〟。全ての〝根〟は、その〝主根〟を中心に、地下霊脈を通して繋がっています』

「……〝主根〟……自由都市ミラーノ、ですね？」

自由都市ミラーノの地下遺跡、《ナイアールの祭祀場》。

全ての〝根〟の〝主根〟は、《無垢なる闇の巫女》マリア＝ルーテルを核に、その場所から発生しているのだ。

ほんの一月ほど前、世界の恒久平和を願って開かれた、世界魔術祭典開催の地。

フェロードが長年かけて用意していた邪神招来の儀式、その発動時期を見計らっていた隙をついて、ジャティスが横取りする形で発動させた、いわゆる、この破滅の運命の起点たる地であり。

今は、この世界でもっとも悍ましき冒瀆に塗れた地だ。

『はい。ミラーノで発生している〝主根〟を叩き潰せば……』

「この破滅は止まりますか？」

『……止まりませんでしょうね』

ファイスが深いため息を吐いて、力なくかぶりを振った。

『魔術偵察調査の結果、儀式の中核たる《無垢なる闇の巫女》マリア＝ルーテルは、すでに別の場所に移されている可能性が高いです。霊脈を逆探知調査した結果……恐らくは、かのメルガリウスの天空城の最深部へと』

「……きっと、ミラーノでジャティスによって儀式を勝手に発動された《大導師》の所業でしょうね。これ以上、余計な第三者に介入されないように、と。

だけど、この結果を見る限り……それすら〝読まれていた〟ようですが」

『そら恐ろしい男です、ジャティス＝ロウファン……』

アリシアとファイスは、ミラーノで行われた首脳会談で、その場の全ての者達(たち)の思惑を鮮やかに上回った恐るべき男を、改めて思い返す。

『とにかく、です。〝側根〟が〝主根〟から伸びている以上、〝主根〟を削れば、〝側根〟の活動を減衰させることは間違いなくできましょう。この滅びの歩みを、大幅に遅らせることは……できるはずです』

「しかし……きっと、それは難しいのでしょうね」

アリシアが無念そうに目を閉じる。

そう──それは単純な話だ。戦力が足りない。

先の決戦で、帝国も王国も消耗しきっている……ということもあるが、《邪神兵》に立ち向かうには、それ以上に根本的な戦力が足りていないのである。

『幸い、女王陛下……貴女(あなた)の、あの時の演説が効いています。

あの時──《炎の七日間》に繋がるミラーノ事変……第二次魔導大戦勃発の危機に、貴女が各国首脳へ向かって唱えた、団結・協力の意思。

あの演説のお陰で、各国はすでに準備を整えており、軍はそれなりに整っています。

各地の〝根〟への対処に相当数、戦力は割かれているでしょうが、本丸を叩けるだけの戦力は辛うじてあるはずです。

今こそ、真に一致団結して、二百年前の魔導大戦の時のように世界連合軍を組み、ミラーノの〝主根〟を叩く……と、いうこともできなくはないでしょう。ただ……』

「二百年前とは……はっきり言って規模が違いすぎます。この世界的な混乱の最中、どれだけ、私達は足並みを揃えて戦えるのか……」

『揃えるしかないのですよ。戦うしかないのですよ。我々人類が生き延びるためには』

「そうですね。その通りです」

最早、極限まで疲れきった顔でありながらも、毅然とした光をまだその目に宿し、アリシア七世は言った。

「今、アルザーノ帝国は、イヴ＝イグナイト元帥の主導の下、軍の再編を急いでいます」

『こちらも、王国中をひっくり返して、戦える戦力を急いで整えている最中です』

「後は、いかに我々人類が足並みを揃えて、この未曽有の脅威に反撃するかですね。

ファイス司教枢機卿殿。私はアルザーノ帝国元首として、魔導通信を通して各国・各勢力の首脳陣へ連絡を取り、共闘の説得と交渉を続けます。大陸西側諸国とセリア同盟諸国は、私にお任せください」

『はい。ならば、私は引き続き、聖エリサレス教国と東側諸国への交渉を続けます。……時間との勝負になりますね』

「お互い、正念場ですね」

『ごもっとも。ですが、陛下……聡明なる貴女ならば、もうおわかりですよね？』

神妙な調子で語りかけているファイスに、アリシアは押し黙った。

『たとえ、この戦いで〝主根〟を削り潰したところで……根本的な解決にはなりません。この未曽有の危機を救うには……』

「……わかっています。それは延命療法に過ぎません。真にこの世界を救うには、天空の城にて待つ、ジャティス＝ロウファンの撃破……これしかありません。彼を斃さぬ限り、この儀式が止まることはない」

アリシアは毅然とした顔で、そう言い切った。

『しかし、ですが、陛下……今のこの世界の空は、最早、魔境・異界です。

時間と空間が歪み狂い、この地上からは、そこでいかなる理が働いているのか、まるでわからない状況。はっきり言って……〝死地〟です。

空へ……あの天空の城へ一度向かえば、生きて帰れる保証はありません』

「それでも」

揺るぎなく、アリシアは言った。

「私は、この帝国を預かる女王として、この世界を守らんとする一国家の元首として……すでに覚悟を決めました。

たとえ、彼に恨まれても、憎まれても……私はそう命じるでしょう」

『そうですか……辛い役をお任せしてしまって、申し訳ありません』

「私の辛さなど、問題にもなりませんよ。……彼と比べれば」

『……、どうか彼へお伝えください。……ご武運を、と』

最後に、そう言葉をかわしあって。

二人は映像を切る。

しばしの静寂の中、アリシアがそのまま目元を押さえて沈黙していると。

「へ、陛下……」

その背に声がかかった。

アリシアの背後には、エドワルド卿、ルチアーノ卿、そして、リック学院長とその妻セルフィが控えており、アリシアの次なる動向を見守っている。

「…………」

やがて、アリシアは改めて何かを決意したかのように立ち上がり、振り返った。

「アルザーノ帝国魔術学院学院長、リック＝ウォーケン殿」

「はっ」

「この場に……彼を。貴校の誇りたる、かの魔術講師を、早急にご招致ください。我々はもう……彼に全てを託すしかないのです」

「……はっ」

そんなアリシアの命に、リックは神妙に恭しく応じ、頭を下げるのであった。

────。

その日、アルザーノ帝国女王から、とある男に直々に勅命が下った。

〝空の城へ赴き、世界の逆賊たるジャティス＝ロウファンを討つべし〟。

〝この世界を、救うべし〟。

その勅命を受けた、アルザーノ帝国魔術学院のとある魔術講師――グレン＝レーダスは、一も二もなくそれを拝命したという。

――。

びゅう、びゅう、びゅう……

アルザーノ帝国魔術学院の本館校舎屋上に、身を切るような冷たい風が吹いている。

今、この世界は、昼と夜という概念を失った。

昼夜問わず真っ赤に染まる空は、冬の風物詩たる畑の畝のように連なる畝雲空だ。

それが、ジャティスの情けなのか、あるいは何かしら別の思惑があるのか……幸いフェジテ周辺に、すぐにも迫り来る〝側根〟はない。

それゆえに、今、現在進行形でこの世界が終焉と破滅に向かっている……などとは信じられないほど、フェジテは静謐な空気に包まれていた。

そして見上げれば、相も変わらず雲の狭間で揺れる、幻の天空城。

そんな空の下の屋上で。

「………」

グレンが鉄柵に寄りかかり、頬杖をついて、佇んでいる。

ぼんやりと眼下の学院の風景を、そして遠くフェジテの町並みを眺めている。

すると。

『……どうしたの？　グレン』

ふわり、と。

まるで妖精のように小さい手乗りサイズの少女が、不意にグレンの肩へと現れる。

ルミアとうり二つのその少女は、グレンの契約神であり、魔術的従者たる《時の天使》ラ＝ティリカ――ナムルスである。

『行くんでしょう？　全ての決着をつけに』

「ああ」

『なのに、貴方……どうにも覇気がないじゃない』

「……ああ」

『ひょっとして……怖じ気づいた？』

ナムルスが、どこかグレンを気遣うように言った。

『まぁ、気持ちはわかるわ。あのジャティスという男は、私達が古代で戦った魔王ティトゥスよりも、恐らく遙かに――……』

「……いや、別に？　その点に関しては、正直、欠片もビビっちゃいねえさ。ただ……」

するとグレンは不思議なほど穏やかに、ふっと笑って。

空を見上げて、天空城を見つめながら、こう言った。

「多分……俺、帰って来られないいんだろうなって、思ってな」

『……ッ⁉』

はっ！　と、表情を強ばらせるナムルスを余所に、グレンが続ける。

「なんだろうな……猛烈にそんな予感があんだよ。

俺がジャティスの野郎に勝つか負けるかは、わかんねーが……いずれにせよ、俺がここに戻ってくることは……もう二度とないんだろうなってな。

だから……見納めておこうって思ってよ。

ははは、セリカのやつも……こんな気分だったのかねぇ？」

『ふ、ふざけないでよッ！』

実体がないので音はしないが、ナムルスがその手で、グレンの頬を叩く真似をする。

『この世界の最後の希望である貴方が、そんな弱気でどうするのッ⁉

今、貴方が考えるべきは二つよ！　ジャティスを倒して世界を救う！　そして無事に帰ってくる！　それ以外は雑音よッ！』

「…………」

『いい⁉　貴方はね、もの凄くがんばった！　だから、全てが終わった後、絶対に報われなきゃいけないの！　幸せにならなきゃいけないの！

一番がんばった人が、一番報われないなんて……もう、たくさんよ！

だから！　システィーナでも、ルミアでも、リィエルでも、あの赤髪のヒス女でもいいわ！　あ、貴方がどうしてもって懇願するなら、私も候補に入れたっていい！

貴方は全てを終わらせた後、適当に誰かとくっついて、のんびりと楽しく平和で幸福な人生を送らなきゃいけないの！　もうそれ義務よ！　義務！

じゃないと、じゃないと空が……空が、あんまりにも……ッ！』

グレンの肩に腰を落として、ぶるぶる震えて俯くナムルスを。

グレンは手を伸ばし、その頭を撫でてやる。

「……だな。セリカは、別に俺を不幸にさせるために、過去に残って力を用意してくれたわけじゃねーもんな。

ちょっとばっかし、最後の戦いを前にナーバスになってたかもだ」

グレンがくっくと含むように笑う。

「しっかし、なんだ？　ナムルス、お前さぁ……いきなり、誰かとくっつけと言われてもなぁ？

あの三人娘からは、確かに慕われているかもだが、そりゃあくまで教師としてだし、イヴのやつは、俺とは相変わらず不倶戴天(ふぐたいてん)の敵同士だしなぁ。無理だろ」

『──はぁ⁉』

「お前もお前で、俺に発破かけるためとはいえ、無理に自分をそんな候補に入れなくてもいいんだぞ？　お前はセリカに義理があるから、俺についてきているだけで……」

『あ、貴方、バカなの⁉　本気で言ってるの⁉　この筋金入りの唐変木野郎！』

ぺちぺちぺちぺち……と、音はしないが、そんな勢いでグレンの頬をその小さな手で叩きまくる、大変ご立腹のナムルスである。

と、その時だった。

突然、バタン！　と屋上の扉が開いて。

「……先生……」

ぞろぞろと、生徒が大挙して現れる。

グレンのクラス……二年次生二組の生徒達(たち)、総出だ。

グレンが戸惑って、目を瞬かせていると。

「先生……話、聞いたぜ……」

「行くのですね……全ての決着をつけに……あの天空城へ」

カッシュ、ウェンディが、真っ直ぐにグレンを見つめてくる。

「もう、先生に……全部任せるしかないなんて……」

「この一連の事件では、本当に悔しいことばかりだ」

セシル、ギイブルが悔しげに俯く。

「先生、どうかご武運を」

「無事に……絶対に、無事に帰ってきてくださいね……？」

テレサ、リンも縋るようにグレンを見つめてくる。

「しっかしなぁ……俺達の先生が、なんだか随分と遠くに行っちまったような気がするぜ……」

「そうだなぁ……あの天空城で、この世界の全てをかけての決戦なんてなぁ……」

「まるで童話『メルガリウスの魔法使い』じゃね？　これ」

カイにロッド、その他の生徒達が、口々にそんなことを感慨深げに呟いていく。

そして──

「先生」

「……先生」

「グレン」

三人の少女達が、グレンの前に歩み出る。

当然、システィーナ、ルミア、リィエルの三人だ。

システィーナは、白き《風の外套》を纏った姿で。

ルミアは、ナムルスと同じ《天空の双生児》の装束で。

リィエルは、帝国宮廷魔導士の礼服で。

それぞれ、すっかり準備万端といった出で立ちで、グレンを真っ直ぐ見つめてくる。

「お前ら……」

グレンが感情の読めない表情で、三人娘達を見つめていると。

「言っておきますけど。私達は、絶対に先生について行きますからね！　先生ったら、私達がついてないと、どんな無茶するかわかったものじゃないですから！」

システィーナが胸を張って、不敵に言い放つ。

「危険なのはわかっています。もう二度と帰って来られないかもしれないことも、充分にわかっています。

それでも私達は、先生と共に戦いたいんです。誰かのために自分を犠牲にして、とかそんなことではなくて……私達の未来のために、私達自身が戦いたいんです」

ルミアが覚悟を決めた表情で、言い放つ。

「……ん。わたしは……グレンのために、みんなを守るために、剣を振る。わたしがそうしたいからそうする。だから……グレンについていく。どこまでも」

いつも通り無表情で無感情だが、リィエルはいつになく言葉数が多く、その端々に熱のようなものが籠もっている。

グレンは改めて、三人の顔を見比べていく。

決意は……固そうだ。

覚悟は……十分だ。

（なにより……〝強くなった〟）

グレンはそう心の中で、笑った。

彼女らを指導した教師として、こんなに嬉(うれ)しいことはなかった。

グレンがそんな三人娘達を感慨深く見つめていると。

「グレン。私の敬愛なる主様(マスター)。貴方が彼女達を大切に思う気持ちはわかるけど……彼女達は連れて行くべきだよ」

三人の背後から現れた白き竜の少女——ル＝シルバが、口を挟んだ。

「グレンと、あの男……魔王すら凌駕(りょうが)した魔術師ジャティスとの戦いは、史上最高峰の魔術師同士の戦いになると思う。

そんな二人の戦いに助勢できる者なんて、この世界には、もうほとんどいないの。

古き竜(エインシャント・ドラゴン)の私でも、もう力不足だよ……悔しいけどね。

でも……彼女達は違うよ」

ル＝シルバが、眩(まぶ)しそうにシスティーナ、ルミア、リィエルを振り返る。

「イターカの神官。時と空の天使。黄昏(たそがれ)……ううん、黎明(れいめい)の剣士だったね。

彼女達は、それぞれが歩む道の果てに、それぞれの〝天〟に至った者達。

彼女達は、貴方の足手纏(あしでまと)いにはならない。きっと、貴方の力になるよ。

もし、グレンが彼女達の強さを疑っているのだとしたら……」

　すると。

「ははは、長生きでもやっぱりまだまだ、ガキだなぁ、ル＝シルバ。そういうことじゃねえんだよ。だから、お前は頭が竜なんだ」

　そんな風に苦笑いしながら、グレンはル＝シルバの頭をごっしゃごっしゃ撫でた。

「なぁっ⁉　りゅ、竜差別はんたぁい！　わ、私はただ主様のことを心配して——」

　見た目の年相応にふくれっ面でル＝シルバが抗議するが。

「知っているよ。あいつらがとんでもなく〝強い〟ってことはな」

　穏やかなグレンの表情に、語り口に、何も言えなくなってしまう。

「だがな、その〝強い〟ってのは、単に戦力的な意味じゃねえんだ。戦力的に〝強い〟だけじゃ、とてもじゃねえが連れて行けねえからな」

　そう言って。

　グレンは、システィーナ、ルミア、リィエルの前に立つ。

「はっきり言うぜ。今回の……いや、この最後の戦いは、とんでもなくやべぇ。

　そして、あの天空城の最深部は、未だ完全に未知の領域だ。俺達が古代文明へ飛んで、魔王とドンパチやらかした時ですら、ついぞあの内部には至れなかったんだからな。

　あの中では、何が起きるかわからん。想像すらつかん。

さらには……待ち受けるジャティスは、恐らく史上最強最悪の敵だ。もう、あの魔王が可愛(かわい)く思えるレベルにな。

教師として、お前らを守りきり、絶対無事に帰してやる……と、格好つけて言いてぇとこだが、現実問題、その保証がまったくできねえ。

それでも……お前らは俺についてきてくれるのか？

その力を……俺に貸してくれるのか？　俺と共に……戦ってくれるのか？」

そう言って。

グレンが、三人を見つめていると。

「まったくもう、今さら何を言ってんだか、この先生は！」

システィーナが迷わず歩み寄り、グレンの手を強引に取って、自分の手を重ねた。

「私達、最後まで一緒ですから」

ルミアも迷わず、その手を重ねる。

「……ん。一緒に……戦う」

当然、リィエルも。その手をちょこんと重ねる。

それで――グレンの覚悟は、完全に固まった。

もう、自分の掛け替えのない生徒達を頼ることに、何の迷いもなかった。

いや、今の彼女達は、最早、グレンの生徒ではない。

——グレンの大切な仲間、だった。

「ありがとうな、お前ら。なら……さぁ、いっちょ世界を救ってやろうぜ！」

————。

——次の日。

ルヴァフォース聖暦１８５４年、ノヴァの月五日。

フェジテ北地区にあるアルフォネア邸にて。

「…………」

その日の朝、グレンは自然と目が覚めた。

ベッドから身を起こし、辺りを見回す。

部屋の片隅にある、ちょっと年代物の机と椅子。四方の壁面を魔術関連書籍が収まった書架で埋め尽くされた、何の飾り気もない部屋……いつもの光景だ。

この部屋は、元々セリカの書斎だったのだが、子供の頃のグレンが、ここの本目当てでこの部屋に入り浸り、ついには自室にしてしまった……という経緯がある。

「………」

目が覚めたグレンは、食堂で簡素な食事を摂り、無言で身支度を整えていく。

いつものシャツ、スラックス、クラバット。それらをいつものように、身体(からだ)が楽なように微妙に着崩しながら、身につける。

そして、数千年前の古代文明から持ち帰った、ボロのマントフードを手に取る。

一応、帰還してから洗濯はしたが、元々は死体から剝ぎ取ったものであることを考えると結構アレな一品である。

だが、実はこのボロのマント……先のフェジテ帰還への道中、決戦に備えて、各種様々な魔術的防御を《世界石》の力で付呪(エンチャント)したため、実はこの時代の下手な魔術師用ローブよりも、防御性能が圧倒的に高い。

魔力なしの物理的攻撃に対しては、ほぼ100%ダメージをカットするし、並の威力の軍用攻性呪文(アサルト・スペル)すら一切通さないほどだ。

「でも、もっといいもんに付呪(エンチャント)すりゃ良かった……」

色々考えて、グレンは渋々それを身に纏う。

付呪を別のローブに付け替えるのも今さら面倒だし、極限まで集中力が高かったあの時よりも、上質に仕上がる保証もない。

おまけに、物品というものは、時と歴史を重ねることで、自然に霊格と存在格が上がるので、当時としてはただの道端の死体から剝ぎ取ったマントだが、数千年の時を超えて持ち帰った今となっては、逆説的に伝説級の一品に等しい。

付呪する素材として、ますますこのボロマント以上の素材はない。

諦めて、後はもう、せめて呪われないよう祈るだけだ。


「……さて」


身支度を調えたグレンは、次に装備を整える。

戦いに必要な武器・道具一式は、昨晩のうちに揃えてある。

魔銃ペネトレイター、クイーンキラーは、今のグレンに欠かせない武装だ。

虚量石やイヴ・カイズルの玉薬を始めとした各種魔術触媒、魔術を付呪した投げナイフに飛針、鋼糸を仕込んだ手袋、護符、巻物、各種魔晶石、拳銃の特殊弾頭に魔術火薬……特務分室時代にお世話になった魔道具達も抜かりなく用意していく。

そして、グレンは一枚のカード……『愚者のアルカナ』を手に取り、それを見つめる。

「…………」

正直、ジャティスに対して固有魔術【愚者の世界】は、相性が悪い。

そもそも、これから挑む次元の戦いに、今さら【愚者の世界】が役に立つ瞬間があるとは思えないが、それでもお守り代わりに定位置――胸ポケに仕込んでおく。

そうして、全ての装備を整えた上で、グレンは最後にそれを手に取る。

赤い魔晶石――《世界石》。

かつて、グレンがセリカへ贈り、そして、セリカがグレンへ託したもの。

「…………」

しばらくの間、グレンはそれをじっと黙って見つめ……やがて、目を閉じ、何かを念じると。

すっ……と。

まるで《世界石》が幻となり、グレンの掌の中へ染みこむように消えていく。

グレンと《世界石》は、一心同体。いつでもどこでも、瞬時に喚び出せる。

それは、まるで彼の愛しい師匠が、常に傍にいてくれるような、背中で見守ってくれているような……そんな安心感だった。

そうして、全ての準備を整えたグレンは、アルフォネア邸内を見て回った。

「………」

セリカの部屋、セリカとよく戦戯盤をプレイした居間、大広間、階段、ロングギャラリー、書庫、セリカと一緒に食事をした食堂、厨房、セリカに魔術の手ほどきをしてもらった魔術工房、セリカに拳闘を教えてもらった前庭……

アルフォネア邸は一度、フェジテ最悪の三日間にて大破したはずなのだが、改めてよくよく見れば、グレンの子供の頃の記憶とまったく変わらぬままに復元されている。

まるで時間を巻き戻したかのようだ。

(……いや。今、思えば、実際そうだったんだろうな)

思い返せば、道理で再建中、アルフォネア邸跡地が、何か巨大なブースのような覆いに包まれていて、中の様子がまったく窺えず、人が出入り・作業している気配がまるでなかったわけである。

だというのに、スノリア旅行から帰還したら、アルフォネア邸の再建がいつの間にか完了していて、当時は、狐につままれたような気分になったものだ。

《世界石》を得た今のグレンならわかる。

セリカなら、それができる。

(ははは……やっぱ、お前には一生かかっても、追いつけそうにねーわ)

単純な魔術師としての戦闘能力こそ、セリカに迫るレベルにはなったが……それ以外のことについては、まだまだ遠く及ばない。

そもそも、その戦闘能力ですら、まるまるセリカからの借り物だ。

自分の師匠のあまりもの偉大さに、最早、苦笑いするしかない。

そんな風に、色んなことを思いながら、グレンはアルフォネア邸を思い出と共に、一通り回って。

そして――

「……行ってくるぜ」

誰もいないはずの屋敷(やしき)に、そう言い残して。

グレンは、屋敷を後にするのであった。


――――。

グレンはのんびりとフェジテの街中を歩き、アルザーノ帝国魔術学院へとやってくる。

そして、先の打ち合わせで、出撃ポイントと予定した中庭へ足を運ぶ。

グレンが欠伸(あくび)交じりに、中庭に姿を現した……その瞬間だった。

「待っていましたよ、先生」

「ん。グレン、待ってた」

まず、ルミアとリィエルがグレンを出迎えて。

「「「わぁああ——ッ！」」」

歓声の爆音が、グレンの全身を不意打ちのように殴りつけていた。

「うおっ⁉　なんだなんだぁ⁉」

予想外の状況に、グレンが目を瞬(しばた)かせ、キョロキョロと周囲を見渡すと。

まず中庭には、帝国軍の将兵達が円陣を組んで整列していた。

さすがに全軍……とまではいかなかったが、この非常時だというのに、軍の戦術の要たる上級将校・指揮官クラスが、完全に勢揃(せいぞろ)いだ。

そして、その誰も彼もが、びしっ！　と、グレンへ敬礼をした。

さらに、中庭に面した東西南北の学院校舎——今は先の戦いの余波で見る影も無くボロボロではあるが——ベランダに、窓に、屋上に、大勢の人々が集まり、両手を振り、歓声を上げて中庭を見下ろしている。

彼らは、グレンの生徒達であったり、学院の生徒達であったり、講師や教授達であったり、フェジテに留まっている聖リリィ校やクライトス校の生徒達であったり。

彼らは、フェジテの市民であったり、警備官達であったり。

このフェジテに、学院に縁ある、様々な人々が。

今、最後の戦いに立ち向かうグレン達を見送ろうと、フェジテ中から人々が、所狭しと集まっていたのである。

そして、そんな熱気に沸き立つ市民達の中に——

「先輩！　いっちょガツンとやってきてくださいですぅ！　この私の助手なら、そのくらい余裕ですぅ！」

「グレン先生！　絶対に……絶対に無事に帰ってきて！　また私に勉強、教えてね！」

——そんな見知った顔も、いくつかちらりと見えた……ような気がした。

「おいおい……なんだぁ？　まさか、こいつら全員、俺達の見送りかぁ？　ったく、やれやれ、暇だねぇ」

大歓声を一身に浴びるグレンは、どこか気まずそうに苦笑いし、頭をかきながら、中庭の中心へ向かって歩いて行く。

「別に……命令とか、通達なんて何も出してなかったんだけど」

そんなグレンへ、円陣の中心で待っていたイヴが話しかける。

「なんか、貴方の出陣を聞きつけた将兵や人々が、勝手に押しかけるように集まって……結局、こうなったわ」

「ったく、大げさだな。頭上の天空城に殴り込みかけて、馬鹿一匹ぶちのめすだけだってのによ」

イヴとグレンが肩を竦めていると。

「ふふっ。皆、先生に希望を託しているんです。そして……それ以上に、皆、先生のことが大好きなんですよ。時折、信じられない奇跡を起こしてくれる先生が」

グレンの隣のルミアが、そう微笑んでいた。

「……俺が一体、何をしたってんだ。先の戦いでも肝心な時にサボってたのによ」

「まぁまぁ、そう言わずに」

「ん。グレンはもっと素直になるべき。……わたしにはよくわからないけど」

リィエルもいつもの無表情を、どこか訳知り顔にして、コクコクと頷(うなず)いている。

と、その時だった。

「先生っ！」

この中庭の中心にいたシスティーナが、グレンの姿を認めて駆け寄ってくる。

「少々、手間取りましたが、準備はバッチリです！」

見れば、中庭の中央には、見ているだけで頭が痛くなってくるほどに高度で複雑怪奇な儀式魔術法陣が描かれている。

魔術法陣の各霊点(レイ・スポット)には、様々な魔術触媒が配置され、儀式の準備は万全。法陣上には霊脈(レイ・ライン)から汲(く)み上げた膨大な魔力が流れ、駆動している。

後は、儀式の実行と起動を待つばかりであった。

「……つまり、発射台みたいなもんか、これ」

「ええ、そうです！」

システィーナが、えへんと胸を張る。

「私の風は、次元と星間を超えてどこまでも届く風！　私の風を使えば、先生達を直接一気にあの天空城へ連れて行くことができます！」

「できるとは聞いちゃいたが、マジでできるとは……お前、ガチで成長しまくったんだな……そんなん、もう余裕で第七階梯クラスじゃねーか」

グレンは呆れたように、自慢の教え子の顔を流し見る。

本来ならば、あのフェジテ——否、今や世界中の上空に浮かぶ、メルガリウスの天空城には、物理的な手段では到達できない。

あの城は、位相が異なる空間に存在する幻の城なのだから。

「まぁいい。お陰で、ちんたら学院の地下迷宮を下って《嘆きの塔》の最下層の《叡智の門》を抜ける手間が省けたぜ。あんがとな」

『そうね。本来、あの天空城に行くにはそのルートしかなかったもの。世界滅亡への時間が迫っている今、このショートカットは大きいわね』

グレンの肩に乗っている小さなナムルスも、感心したように頷いた。

『この点に関しては誇っていいわ、システィーナ。

あの天空城へ到達するには、あの《大導師》ですら、《叡智の門》を抜けるしかなかったの。今の貴女は……かつての魔王すらできなかったことができるのよ』

「私も色々と背負ってるからね。絶対に……あの人の思いは無駄にしない。私達は受け取ったものを、未来へと繋ぐの！」

そう決意したように、システィーナは、自身が纏う古びた白い外套の胸元をぎゅっと摑む。しばし、今は遥か遠きあの人へ思いを馳せる。

「よし、じゃあ……水先案内人はお前に任せたぜ、白猫」

グレンが、そんなシスティーナの頭に、ぽんと手を乗せる。

ルミアとリィエルもシスティーナへ目配せし、システィーナは神妙に頷くのであった。

そして——

「さて、これからいよいよ最終決戦へと出発するわけだが……超忙しいところ、最後の見送り、あんがとな、お前ら」

グレンが改めて振り返る。

すると、そこには、さきほど声をかけてきたイヴと……

「……グレン」

右目に再び封印の呪符入り包帯を巻いているアルベルトがいた。

「すまないな。本当なら、俺とイヴも、お前の最後の戦いについて行くべきなのだが」

「……そうね」

アルベルトが言葉を濁し、イヴも苦い顔で頷く。

すると、二人の間から現れたル＝シルバが口を挟んだ。

「確かに……見たところ、イヴもアルベルトも天位の魔術師だもんね。グレンの挑む戦いでは、間違いなく主力を張れるんだけど」

「ったく、お前ら二人とも、ちょっと、俺がフェジテ離れていた隙に信じられねえほど位階上げやがって……」

『なんなのかしらね、この〝天〟のバーゲンセール』

ル＝シルバの言葉に応じ、グレン、ナムルスが呆れたようにぼやく。

「でもまぁ、ちゃんとわぁーってるって。イヴ＝イグナイト元帥様は、地上の〝根〟に対処するため、帝国軍を指揮しなきゃいけねえもんな？

それに……正直、能力的に俺が一番手を貸して欲しい、お前は――」

グレンが肩を竦めて、意味深にアルベルトを流し見ると。

「ちょ――駄目よッッッ！　絶対、駄目ッ！」

その時、グレンとアルベルトの間に、一人の娘が慌てたように割って入る。

元・聖エリサレス教会聖堂騎士団・第十三聖伐実行隊(ラストクルセイダース)――ルナ＝フレアーであった。

「今のコイツは、もうマトモに戦える状態じゃないんだからッ！　人間のくせに、先の戦いでも本当に限界の限界を超えて無茶しやがって、死にかけたし、実際死んでたしッ！

今もコイツ、実は立って息してるのがやっとだってのに！　アンタの見送りするって聞かないから、仕方なくね！　べ、別にコイツがどこで野垂れ死のうが、くたばろうが、私は別にどうでもいいけどッ！　借りを作られたまま勝手に死なれるのはゴメンだわ！　だからコイツを連れて行くのは、私が許可しないッ！　文句ある、グレン＝レーダス⁉」

「めっちゃ早口じゃん……」

なぜか妙に必死なルナを、グレンはジト目で見る。

「しっかし、まさかこの女が、こっちに来てたとはなぁ……それにしても、コレ、どういう風の吹き回しなの？」

「知らん」

グレンが説明を求めるが、アルベルトはいつも通りだった。

「とはいえ、この女の言うことは正しい。今の俺は……残念ながら、お前達にとっては足手纏いだろう。……まだ、まともに身体が動かん」

「私もね。軍の指揮をしなきゃいけないのもあるけど、それ以上に、先の戦いの反動で一時的な魔力減衰状態なのよ。もう少し時間あれば回復すると、セシリア先生が仰ってたけど……間に合わなかったわね」

イヴも悔しげに、握った左拳を見つめる。

「ていうか、もうすっかり完全回復してるリィエルが異常なのよ、ブツブツ……」

「いいって、いいって。お前達はゆっくり休んでいろって。というか、そうは言っても、これから地上を守るために無理するんだろうけどよ……」

「フン。まぁそういうわけだ。……空は頼んだぞ、グレン」

「ああ、任せろ。地上は任せたぜ、相棒」

そんな風に、グレンとアルベルトが、薄く笑いながらやり取りしていると。

「……グレン」

「……あんだよ？」

「……ちゃんと、生きて帰ってきなさいよ？」

腕組みしたイヴが、そっぽを向いて言い捨てる。

「許さないから。私の部下のくせに……私のいないところで、勝手に死んだりしたら。これは……命令よ。命令、なんだから」

「……了解だ、室長様」

最後まで素直じゃないイヴに、グレンが苦笑していると。

「ま、地上のことは安心せい、グレ坊！」

真ん中から、バーナードがぬっと出てきて、イヴとアルベルトを同時に抱き寄せた。

「半死人のこやつらは、わしらがキッチリ介護しちゃるけんのう！」

すると、クリストフも現れ、それに応じる。

「ええ。我々帝国軍は、イヴさんを引き続き総司令に、古き竜（エインシャント・ドラゴン）であるル＝シルバさんと連携して、地上を喰（く）い荒らす〝根〟の侵攻をなんとしても食い止めてみせます」

「うん。私、がんばるよ」

ル＝シルバが力強くも、ほんの少し哀（かな）しげに言った。

「グレンの魔術的従者として、最後まで一緒に戦いたかったけど……この戦いは〝天〟に至った魔術師じゃないと、足手纏いだから。だから、せめて、グレンが全力で気兼ねせず戦えるように、後顧の憂いを断つよ」

「……大切な役割です。どうかよろしくお願いします、ル＝シルバさん」

そんなル＝シルバを慰めるように、クリストフが頷いた。

「だから、後のことは僕達に任せて、先輩はこの世界のこと……そして、ジャティスさんのこと……どうかよろしくお願いします」

「ああ。任されたぜ。俺がジャティスぶちのめす前に、世界が食い尽くされたら本末転倒だからな！　後は任せた！　お前らがいてくれて、本当に良かったぜ！」

たとえ、距離は離れていても、背中を守ってくれる者達がいる。

そう思うだけで、グレンの心の奥底に眠る不安は晴れていくようであった。

そして、見送りに来たのは、彼らだけではない。

「リィエル、ごめんね……こんな時こそ、貴女と肩を並べて戦いたかったのに……先の戦いから、私、本当に未熟者でごめん……ッ！」

「ん、大丈夫。わたし、エルザの分までがんばる」

リィエルには、エルザが。

「絶対に……絶対に、生きて帰ってきてね、システィーナ……」

「大丈夫よ、エレン。今の私、ちょっと凄いんだから！」

システィーナには、エレンが。

そして——

「エルミアナ」

「お母さん……」

ルミアには、アリシア……女王陛下が来ていた。

「彼を……グレンのことを、よろしくお願いしますね」

「はい！」

「そして、グレン。……貴方も」

一通りルミアと言葉をかわしたアリシアが、グレンへ真っ直ぐ向き直る。

「貴方も、きっと無事に戻ってきてください。待っていますからね……ずっと……」

「……陛下。ええ、必ずや。そして、あの時の誓い……今こそ果たしてみせます」

恭しく一礼するグレン。

そんな風に、その場に集った者は、旅立つ者達へ思い思いの言葉を贈って。

そして──いよいよ、出立の時は来る。

泣いても、笑っても、旅立ちの時が来たのだ。

「それじゃ、お前ら。……行ってくるぜ」

そう言って。

グレン、システィーナ、ルミア、リィエルは、連れ立って中庭に組まれた魔術法陣の中心へと向かっていく。

途端、グレン達を見守る人々の歓声が一オクターブ上がった。

遙か彼方、天まで届けとばかりに強まった。

そんな中、グレンはシスティーナ、ルミア、リィエルと頷き合って。

「……頼むぜ、システィーナ」

「はい」

システィーナを促した。

すると、システィーナは一つ深呼吸して目を閉じて……呪文を唱えた。

「《我に続け・颶風(ぐふう)の民よ・我は風を束ね統(す)べる女王なり》！」

途端、システィーナの外套と全身から、凄(すさ)まじい魔力が高まって——

システィーナの全身を焼き尽くすように、高まって、高まって、高まって——

「風天神秘【CLOAK OF WIND(クローク オブ ウインド)】！」

カッ！　システィーナを中心に、光り輝く風が爆発的に四方八方へと拡散した。

輝く風が渦を巻き、システィーナの髪を、纏う白き外套を、幻想的にはためかせる。

どよめく人々の前で、さらに——

「《導け・誘え・約束の彼の地へ・
希望を乗せ・絶望を払いて・
我が輝ける風よ・偉大なる風よ・比類無き風よ・優しき風よ・

三千世界の彼方まで・吹き抜けよ・駆け抜けよ・
そして、我らが未来を紡げ・未来へ届け》――ッ！」

システィーナが一気に詠唱しきると。

今度は、足下に敷設した巨大な魔術法陣が――白熱した。

法陣が凄まじい光の奔流を、地から天へと向かって放った。

その溢れんばかりの、眩いばかりの圧倒的な光は、どこまでも、どこまでも空高く立ち上り――天空城へと繋がる。

今、地と天を繋ぐ一つの巨大な光の柱――夢への架け橋が誕生したのだ。

その時ばかりは、空を重く覆う不穏な赤光も払われていた。

その神々しくも美しく、幻想的な光は……まるで〝希望〟そのものだった。

なぜか、見る者の胸が熱くなり……その場の人々の目尻に、自然と涙が浮かぶ。

「先生！」

「……ああ！」

システィーナの操作に応じ、輝ける光の風が――グレンを包む。

ルミアを包む。リィエルを包む。システィーナ自身を包む。

そして、まるで重力の法則から解き放たれたかのように、グレン達の身体が、ゆっくりと、ふわりと中空に浮いて。

「行くぜ！」


グレンの、そのかけ声を引き金に。

四人の身体が四本の閃光と化し、その光の柱を通って、大空へ一気に打ち上げられていくのであった。

──まるで、人々の願いを乗せて飛ぶ花火のように。

どこまでも、高く。どこまでも、遠く。

最終決戦に向けて四人が出陣する姿に、その場の人々の歓声は最大になった。

歓声は、いつまでも絶えなかった。

残された者達は、グレン達の姿が空に吸い込まれて見えなくなっても、いつまでも空を見上げ、そこに立ち尽くしていた──


「……行ったわね」

だが、イヴは、帝国軍とこの国の命運をまた違う意味で預かる者として、いち早く我に返り、自身が取るべき次なる行動を開始する。
イヴは、女王陛下――アリシアへ目配せする。
すると、アリシアは全てを任せたとばかりに、イヴへ頷いて。
それに応じ、イヴは周囲の将校達へ、きびきびと指示を飛ばし始める。

「諸君！　彼らは我々のために、あの恐ろしき空へと立ち向かった！
ならば、我らは彼らの勇気を、戦いを、決して無駄にしてはいけない！
心せよ！　気を引き締めよ！　人間ならば、己が運命は己で摑め！
彼らに託すな、任せるな！　我々の未来は、我々の手で摑むのだ！
彼らと我々心は一つ！　手を取り合い、皆で力を合わせて、この世界を守るのよ！」

そんなイヴの叱咤に。
アルベルトも、バーナードも、クリストフも。
ル＝シルバも、エルザも。
その場に集う、帝国軍の全将兵が力強く、頷く。
「この場にいる全将兵、全戦力！

そして、フェジテ郊外に布陣待機している全軍へ告ぐ！

目標、ミラーノッ！　全軍出撃ッ！　進軍開始ッ！」

「「「おおおおおおおおおおおおおおおおおおお――ッ！」」」

そして、この世界を食い荒らす滅びの中心――ミラーノへ向かって、全てが一丸となって、最後の行動を開始するのであった。

遙か高き空と。

遙か広き大地で。

遠く離れた、その二つの場所で。

正真正銘、最後の戦いが始まろうとしていた――……

幕間　とある少女の祈り

その少女は、安寧の微睡みの中を漂っていた。

彼女の名は、マリア＝ルーテル。

アルザーノ帝国魔術学院の一年次生女子生徒であり、先の世界魔術祭典で、学院の代表選手団の一人に選ばれた者。

そして、ジャティスの手によって、《無垢なる闇の巫女》として、邪神招来の儀式の核とされてしまった少女である。


（…………）


マリアは、安寧の微睡みの中を漂っていた。

意識は胡乱ではっきりしない。

まるで深淵宇宙の虚空の中に、ただ一人、ぽつんと浮いているような感覚。

己が一体、何者だったのかすら思い出せない。

自身と世界の境界すら、融けてしまったかのようにはっきりとしない。

まるで、自分が世界の一部となったような、あるいは自分が世界そのものとなったかのような万能感。されど、ふわふわとした現実感のなさと猛烈な睡魔だけが、彼女の意識を分厚い霧のように覆い尽くしている。

そんな夢見るような心地の中、時折、ほんの僅かに浮上した意識が垣間見るのは、それはまた夢のような、デキの悪い冗談のような光景。掛け値なしの悪夢。


化け物と成り果てた自分が、世界の各地で、世界そのものを喰らっている光景。


それはあまりにも名状し難く冒瀆的で、悍ましい。

だが、恐怖は感じない。忌避感も、嫌悪も感じない。

まるで自分の人としての感覚が麻痺してしまったようで、マリアはその悪夢の光景を、他人事のように、ぼんやりと見つめ続ける。

だが――そんな人間性のほとんどを剝奪されてしまったマリアでも、唯一心に刺さった棘のように感じている危機感がある。

それは、漠然としたものだが、マリアの存在本能レベルで、確かに感じられるものだ。
すなわち――

（……来る）


何が来るのかはわからない。

だが、確かに来る。来ている。近づいている。

いとも、大いなる。

いとも、邪悪なる。

いとも、威力ある。

げに、悍ましき。

そんな名状し難き冒瀆的な何かが、遙か多元宇宙の外側から、昏き深淵の底から、万千の彩色が織りなす真なる闇色の混沌の渦中から。

確かに、それは、ここに向かって、マリアを目指して、這い寄りつつあるのだ。

ゆっくりと。確実に。その気配は近づいてきている。

このままでは、恐ろしいことになる。

取り返しのつかないことになる。
世界が、恐怖と絶望の真なる意味を知ることになる。
終焉(しゅうえん)だ。
だが、マリアにはどうしようもない。どうすることもできない。
人間性を失い、最早(もはや)、拒否、抵抗の意思一つ起こらない。
そも、それらが残っていたとして、一体、今の自分に何ができるのか？
今のマリアは……結局、その何かを受け入れるための、肉の器に過ぎないのだ。
だが、そんな全てを奪われているマリアでも、一つの願いだけは残っていた。
その願いだけが、この胡乱な意識の中、マリアという存在を定義する唯一の寄る辺。

（……先生……助けてください……）

その先生とやらが、一体、誰だったのか。どんな人物だったのか。
今のマリアは、何一つ思い出せない。顔も思い出せない。
ただ、あの人は……いつか、どこかで約束してくれたのだ。
そして、約束した以上、必ずそれを果たしてくれる……そんな人——だった、気がするのだ。
だから、マリアは祈り続ける。
（……助けて……先生……私が……私でなくなる前に……）
少女の祈りは、残念ながらどこまでも不毛だった。
最早、少女の祈りは誰にも届かない。届くはずもない。
すでに人の身で、どうこうできる願いではないのだ。
そんな人の領分を超えた願いを聞き届けられる者は。
それこそ、神に等しい存在のみなのだから――……
――。

第三章　哀色の空

光が。光が。光が。

光が――立ち上る。

空に向かって激しく流れる光の道の中を、輝ける風に包まれたグレン達が駆け上る。

目が眩まんばかりに眩き光の中を、どこまでも突き進んでいく。

どこまでも、高く、どこまでも遠く上っていく。

ああ、見よ。もう地上があんなにも遠い。

旅立って、まだたったこれだけなのに、もう地上の何もかもが遠く懐かしかった。

重力と風圧から解き放たれ、物理法則を無視した光の風に導かれるまま、四人が遙か高き天空城目指して上昇していると――

「まぁ、なんだかんだあったが……結局、最後はこの面子か」

グレンが、ふとそんなことをぼやく。

そして、何気なく周囲を振り返ると。

そこには、システィーナ、ルミア、リィエルがいる。

グレンに寄り添うように、同じく空を駆け上っている。

「そうですね……先生が、私達の学院に赴任してきて……リィエルが編入してきて……以来、ずっとこの四人は一緒でしたね」

「うん。なんだが、凄く感慨深いよね」

「ん」

すると。

『……ちょっと。私もいるんだけど？』

グレンの肩に留まっている妖精サイズのナムルスが、どこか憮然とした表情で、グレンの頬をぺちぺち叩く真似をする。

「あー、はいはい。なんだかんだで、お前とも長い付き合いだよな」

『……なによ、その投げやりな物言い。……ふん』

拗ねたようにそっぽを向くナムルスに、システィーナやルミアがくすくす笑う。

「でもまぁ、さすがに、こんな私達の大冒険も……きっと、これが最後よね！」

「そうだね」

「ん。わたしもそんな気がする。勘だけど」

感慨深げに天井を見上げるシスティーナに、ルミアとリィエルが応じる。

「本当に……紆余曲折あったけど……最後はシンプルにわかりやすくなったわよね？　見事に世界の敵になったジャティスを、私達で力を合わせてやっつけておしまい！　見事に世界を救って大団円！　感動のエンディングってやつ！」

「あはは……システィ、気が早いよ。まだ、勝てるかどうかわからないのに……」

「勝つのよ！　いくらジャティスが桁外れに強くたって……私達が力を合わせれば、絶対に負けない！　そうですよね、先生！」

「……ああ」

神妙に頷くグレンに、システィーナがどこか悪戯っぽく続ける。

「それに、先生……気付いていますか？」

「なんだ？」

「もし、この戦いに勝って、世界を救ったら……先生って正真正銘の『正義の魔法使い』ですよっ!?　ふふっ、先生ったら、夢、叶っちゃいますね？」

と、そんな風に、システィーナがグレンへ冗談めかして言うと。

「……まぁ……そう……、だな……」

意外にも、グレンの返答は歯切れが悪く、曖昧だった。

こんなの、戦いの前の緊張を解くための、ただの軽口だと言うのに。

「……先生？」

「ん？　どうしたの？　グレン」

グレンの様子のおかしさに気付いたルミアとリィエルも、小首を傾げる。

「いや……ちょっとな……」

するとグレンはしばらくの間、言葉を選ぶように沈黙して。

「本当に……それで終わりなのかなって」

そんなことを、ぼそりと呟くのであった。

「……えっ？」

「ジャティスを倒して、世界を救って……本当に、それで終わりでいいのかって……思ってな」

そして、そのままグレンは押し黙ってしまう。淡々と空を駆け上がっていく。

すると、何かを察したナムルスが、呆れたように聞いた。

『ねぇ、グレン。ひょっとして……ジャティスやフェロードが言っていた《無垢なる闇》のことを気にしてるわけ？』

「…………」

『……どうやら図星みたいね。はぁ〜ッ、これだから貴方(あなた)って人は』

ナムルスはため息交じりに頭を押さえる。

『ねぇ、グレン。少したとえ話をするけど……アルザーノ帝国では、一年間に、不慮の天災や事故で亡(な)くなる人、一体、何人いると思う？』

「そ、それは……」

『そして、貴方がその場に居合わせれば、そういった人達を救えたとして……じゃあ、その場に居合わせずに救えなかったら……それは貴方のせいなわけ？』

「……それは……」

『言っておくけどね、《無垢なる闇》なんて、結局その天災や不慮の事故と同じレベルの話よ？　人間にはどうしようもない……そういう類いの存在なの。

この次元樹には、星の数ほどの世界があって、貴方達が生きている時間の中で《無垢なる闇》と偶然、接触する可能性なんか、それこそ天文学的確率よ？

この多元宇宙全体で見ても《無垢なる闇》に目をつけられて殺される人間より、普通に天寿をまっとうする人間のほうが、圧倒的に多いの』

「………………」

『はっきり言って、そんなのを本気で相手にしようとしているジャティスの方が、圧倒的に異常で頭おかしいの。そもそも、禁忌教典(アカシックレコード)を摑(つか)もうが摑むまいが、そんなことできるわけがない。割り切りなさい。人間のできることには限界があるのだから』

「そんなことは……もうとっくにわかってるっての……」

『だったら。そんな時化(しけ)た顔はやめなさい、私の主様(マスター)。

今、確実なのは、ジャティスを倒さなければ、貴方達の世界が消滅するということ。

今、意識すべきは、魔王すら出し抜いた最強の敵――ジャティスをどうやって打ち倒すか。それだけ。今の貴方がそれ以外の余計なことに気を回している余裕なんかないの』

「…………」

正しい。

ナムルスの弁は、圧倒的に正論で正しかった。

反論の余地などまったくない。

ないのだが……

(なのに……なんなんだ？　この胸のモヤモヤは……？)

ジャティスを問答無用でぶっ倒せばいい、システィーナやナムルスの言うとおり、もうただそれだけのシンプルな話なのに。なぜか、グレンの気分は落ち着かない。

(どうして、今になって、こんな……？)

この感覚は、あの時の感覚に似ていた。

そう、グレンの軍属時代、帝国宮廷魔導士団の特務分室の執行官として全力で駆け抜けていた、あの頃に。

『正義の魔法使い』に憧れて。

『正義の魔法使い』になりたくて。

ただ、ひたすら我武者羅にそれを目指して、自己研鑽を続けて、戦い続けていたあの頃に感じていた、胸のざわつき、葛藤。

いくら努力しても努力しても、全てを守ることはできず。

守りたいものは、次から次へと、指の隙間から零れていく。

辛うじて救えた喜びより、救えなかった悲しさや後悔ばかりが先に立つ。

全てを救える『正義の魔法使い』なんかどこにもいないことを理解して、それでも諦めきれずに無様に足掻いて、足掻いて、足掻きまくって。

どうして、あの頃感じていた心の渇きや虚無感を……今さら、思い出しているのだろうか？

『正義の魔法使い』などという妄想……もう、とっくの昔に捨てたはずなのに。

あれだけ大切に思っていたのに、妥協に妥協を重ねていって……もっとも護りたかった最後の一線(セラ＝シルヴァース)まで守れなくて。

ついに完膚なきまでに夢破れ、全てを捨てて逃げ出して、今に至るというのに。

なのに、なぜ——……？

「心配すんなって！」

胸の奥で渦巻く鈍い痛みを全力で押し込めて。

グレンが、周囲を安心させるように振り返って、にっと笑う。

「俺ってば、ロクでなしだからよ！　俺の手の届く範囲内しか守ってやらねえっての！

そもそも、それ以前に、ジャティスはセラの仇(かたき)だからよ！

俺は、世界のために～とか、皆のために～とか、そういう高尚な理由より、ただの個人的な私怨(しえん)でジャティスの野郎をぶっちめに行くだけだっての！

な？　いかにもロクでもねえ理由だろ？　こんなロクでなしな俺に、世界の命運背負わす羽目になって、皆、ご愁傷様だぜ！　だっはっはっはっはっは！」

そう言い捨てて、悪ぶったように笑うのであった。

『……だったらいいんだけど』

そんなグレンを流し見て、ナムルスがなんとも言えない表情でぼやき。

「先生……」

「……グレン？」

「…………」

ルミア、リィエル、システィーナが、どこか不安げにその背中を見つめるのであった。

と、そんな時だった。

『それより……そろそろよ』

ナムルスが、不意に警告を発する。

「そろそろ？」

『ええ。そろそろ、この世界と天空城――本来、決して交わらない別位相次元の境目……さらにジャティスが、無理矢理に全世界の空と繋げ、もう歪めに歪めて、ねじ曲がってしまった境界線。……帰還限界線、とでも名付けようかしらね』

その言葉は正しいのか。

グレン達はこれまで何の抵抗もなく、順調に空を翔け上っていたのだが、不意に全身に違和感を覚え始める。

何か異様な気配……人が決して踏み入ってはいけない領域が、まさに目と鼻の先に迫ってくるのを、生物的本能でひしひしと感じていた。

『気をつけて、グレン。多分、その帰還限界線(ターニングライン)から先は……なんでもあり、よ』

ナムルスがいつになく真剣な顔で、耳打ちする。

『今の天空城は、数千年前、貴方がセリカと共に踏み込んだ時とはわけが違う。

あの天空城は、元々、この世界の根柢(こんてい)法則に、絶大なる負荷をかけていた禁断の秘術の産物だったけど……曲がりなりにも、魔王の制御下に置かれ、秩序を保っていたあの時とはわけが違う。

ジャティスが弄(いじ)ったせいで、時間は歪み、空間は歪み、次元は歪み、ありとあらゆる世界の理(ことわり)と法則が歪んでいるわ。あの中では人の感情や記憶、思いすらも歪みかねない。間違いなく〝死地〟よ。もう、何が起こるかわからない。想像もつかない。

だから——気をつけて！』

ナムルスがそう警告した……その矢先だった。

不意に——辺りに、闇が蟠(わだかま)った。

全身を撫(な)でる不快で不穏な感触。空間がねじれて裂けるような不快音。

致命的な何かを突破したような、超えたような不吉な感覚。

今、グレン達はその空の帰還限界線を超え、禁断の領域に足を踏み入れたのだ。
風景が——瞬時に、がらり、と変わる。

「な、なんだありゃ⁉」


グレンがぎょっとして声を上げる。

そこは——この世界を全て呑み込まんとするかのように荒ぶる、絶大なる大嵐の中心だった。

天空城をすっかり取り囲むように、渦を巻く、暴風、激風。

天地を繋げるように立ち上る、無数の巨大な竜巻達。

それは、時空乱流——時間と空間の歪みと捻れそのものが、嵐と化した現象だ。

眼前には天空城が迫って来ている。大小様々な形状の建造物や、巨大な結晶体が無数に浮かび、そのどれもに不思議な紋様がびっしりと刻まれ、魔力が漲っている。

だが、その城を構成する構造物全体が時折、ノイズがかったように映像がぶれる。

よくよく見れば……メルガリウスの天空城が、崩壊を始めていた。

ゆっくりと、確実に。天空の城が、まるでパズルのピースのような破片へと分解されていく。
その破片達が次々と崩落し、頭上に渦巻く時空乱流の中へと吸い込まれていく。
まるで、まさしくこの世界の終わりのような光景。
神話の黙示録のような光景──……

「……ッ!?」

気付けば。
グレン達はすでに、空に向かって上昇していない。
天空城に向かって、落下していた。
頭上を見上げれば、無限に広がる大地。
眼下を見下ろせば、無限に広がる大空。
背後を振り返り、彼方を見やれば、天地真逆の地平線。
重力法則から外れた、全てが逆しまの世界へ──グレンは再び帰還したのだ。
そして──
「うお、危ねえ!?　お前ら気をつけろ！」

天空城へ向かって落下し続けるグレン達を、頭上の猛烈な時空乱流に吸い上げられて立ち上ってくる無数の破片の群れが、一斉に襲ってくる。

大地の破片、城館の破片、城壁の破片、結晶体の破片――まるで流星群のように、もの凄い勢いで迫ってくるそれらを――

「ちぃいいいっ！」

グレンが、空中で身体を捌いてかわし、破片を蹴って方向を変え、破片に着地して飛び降りて、さらに飛び降りて着地して、大きめの破片へ鋼糸を放ってワイヤーアクションで、迫り来る破片をかわし続ける。

「ふっ！」

システィーナが、輝く風で超加速、バレルロール軌道を描いて、破片の群れを悉くすり抜けていく。

「いいいいやぁあああああああ――ッ！」

リィエルが、大剣をなぎ払い、迫り来る一際大きい破片を木っ端微塵に破壊して。

「……くっ！」

ルミアが、黄金の鍵――《私と貴女の鍵》を振るい、空間をねじ曲げて、迫り来る破片の群れの軌道を逸らしていく――

「今さら、こんな破片でくたばるような俺達じゃねーけどよ……こりゃ一体、どういうことなんだよ⁉　なんで天空城が……ッ⁉」

グレンが歯がみしながら、眼下の天空城の無残な有り様を見やっていると。

『きっと……今、彼の長い長い〝夢〟が終わるのよ』

グレンの肩に乗っているナムルスが、どこか哀しげに呟いていた。

「……ん？　〝夢〟……？」

『そうよ、〝夢〟。私もね、今、やっと気付いたの。あのメルガリウスの天空城はね……とある世界を生きた、とある男の……壮大なる〝夢〟だったの』

「ひょっとして……その男って……まさか……？」

システィーナの疑問に、ナムルスが頷く。

『そうよ。《大導師》フェロード＝ベリフにて、貴方達が魔王と呼ぶ男、ティトゥス＝クルォー……フン、無粋ね。せめて、最後くらいは、彼が生まれた世界の言語の響きで呼ぼうかしら』

そんなことを言って。

ナムルスは、どこか神妙に、切なげに言った。

『そう──彼の名は……〝高須九郎〟』

聞き慣れない発音と響きに、戸惑うグレン達。

「ん？　トイ……トゥア？　トゥアカス＝クロ……？」

『高須・九郎、よ。タカス＝クロウ』

「ええと、タイカウス＝クロ……タイクゥス＝クルォ……ええと、なんかやたら、発音しにくい名前ですね、それ……？」

「なんだ、その変な言語……一音ごとに母音と子音が完全に一対一対応してやがる。よくそんな野暮ったい器用な発音できんな、舌噛むわ」

唸りを上げて迫り来る破片を避けながら、グレンやシスティーナが辟易していると。

『貴方達は〝ティトゥス＝クルォー〟で良いわよ。

彼が元いた世界の……極東の故郷の言語は、この世界の人間には、とても発音し辛いものだったから。

〝ティトゥス＝クルォー〟とは、この世界の人間の言語に合わせた呼び名なの。名字と名前がごっちゃになってるのは……まぁ、色々あってね』

「は、はぁ……？　ナムルス、お前、何言って……？」

グレン達がそんな風に目を瞬かせていると。

そして、ナムルスが眼下に崩れゆく天空城を見渡す。

『そうか……そうだったのね……気付かなかったわ。

これは……彼の〝夢〟だったのね。天空城の全ては、彼の〝夢〟だった……道理で。

となると……そう……彼が狂気に冒されていってしまった理由は、やっぱり──……

……馬鹿ね。どうして、貴方達人間って、そうなのよ……』

何かを納得したように呟いて、ナムルスはそのまま押し黙ってしまうのであった。

一体、どう反応したらいいのかとグレン達が戸惑っていると。

やがて、ナムルスが先を促す。

『急ぎなさい。崩壊のペースからして、今すぐどうこう……という訳ではないけど、時間が無限にあるわけでもないわ。

恐らく、天空城はじきに崩壊消滅する。最悪、その崩壊に巻き込まれれば、帰って来られなくなるわ。早く、天空城の中枢を目指すのよ』

「お、おう……」

と、グレン達が先を急ごうとした……その時だった。

ぞくり。

不意に、迫るその感覚に、グレン達の背筋が震えた。

「な、なんだ……この感覚は……？」

背筋が寒い。いきなり氷河期に突っ込んだかのように。

それは、人が己の認識と理解の及ばぬものに対して本能的に抱く、原初的な恐怖から来る反応である。

気付けば。

周囲に浮遊し飛び交う、天空城の大小様々な破片──そのあちこちの角から、異様な悪臭と共に煙が吹き出していた。

そして、呆気に取られるグレン達の前で、その煙は徐々に実体化を始めた。

それは──獣のような四足歩行で、長い針のような舌をし、青みがかった膿のような粘液に塗れ、コウモリのような翼を持つ〝何か〟であった。

〝何か〟と表現したのは、その姿がグレン達の知るどの生物にも該当しないというのもあるが……どうにも、その存在そのものに、ノイズがかかっており、それが点いたり消えたりして、その都度、姿が千変万化するので、いまいちはっきりとその姿を認識できないからである。

強いて言うならば、もっとも近い表現は犬だが……やはり根本的に何かが違う。そもそも、生物学を無視したその造形は生物と言えるのかどうか。

そんな名状し難い、悍ましい怪物達が、グレン達の周囲に無数に出現したのだ。

「な、な、なんだぁ!?　こいつら……ッ!?」

さすがのグレンも、驚き戦いていると。

『……《猟犬》よ。私達が元いた世界では、そう呼ばれていたわ』

ナムルスが、ぼそりと答えていた。

『気をつけなさい。ここは高須九郎の夢の具現よ。夢には悪夢も含まれるわ。夢の崩壊に伴い、心の奥底に封じ込めていた彼の様々な恐怖の形が、具現化すると思う。

夢であるがゆえに、本質的にはかの《猟犬》とは異なるけど……そのポテンシャルは限りなく真に迫っていると言っていい。

油断すれば……呑まれるわよ。彼の者の悪夢に！』

天空城へ向かって現在進行形で落下を続けるグレン達は、自分達を取り囲む異形の怪物達を見回す。

明らかにその一体一体が、人知を超えた力を持つ化け物達だ。

もし、グレンが《世界石》を継承する前だったら、まったくどうしようもなかった。絶望に膝を折っていたことだろう。

「どうしますか、先生!?」

「ええい、このまま、落ちながら戦うしかねえだろ！」

グレンは、自分の頬を自分の両手で、ぱぁん！　と張って、己を叱咤(しった)する。

「白猫！　ルミア！　リィエル！　行くぞッ！」

「はいっ！」

「もちろんっ！」

「ん！」

グレン達が一斉に身構えた、瞬間。

「「「576あゆ8いろhじぇうぃhぎゅhみj0おp～～ッ！」」」

名状し難き《猟犬》達が、四方八方から一斉に襲いかかってくるのであった。

その進行方向の空間が、ぐにゃりとひしゃげる。

尖(とが)ったものから、尖ったものへと、瞬時に駆け抜ける。

恐るべきことに《猟犬》達は、尖ったものを媒介に、どういうことか時間と空間そのものを飛び越えて、やってくるのだ。

人間には想像もつかない性質と神秘の下に襲い来る、《猟犬》達を、しかし——

「……《風よ・阻め》！」

システィーナが手を振りかざせば、光り輝く風がその場に渦を巻き——

ぴたり。

《猟犬》達の進行を、あっさり止めてしまう。

「……ルミア！　リィエル！」

「うんっ！」

「ん」

即座に、ルミアとリィエルが動く。

ルミアが黄金の鍵を取り出し、頭上に向けて半回転させる。

すると、ガチャン！　と、《猟犬》達の存在する空間に亀裂が入る。

次の瞬間、ガチャン！　と、その亀裂が閉じる。そのまま、数多くの《猟犬》達を、虚無の異空間へと追放していく。

「いいいいやぁああああああああああ──っ！」

そして、リィエルが大剣を一閃する。

黎明のごとき眩き銀の剣閃が、その剣先から広がり、《猟犬》達へと襲いかかる。

それを見て取った《猟犬》達は、再び咄嗟に尖ったものを介して、時間を超越して逃げようとするが──リィエルの銀の剣閃は、その時間を超越した先まで届き──《猟犬》達を、ことごとく両断し、斬り伏せてしまう。

「先生！」

「おうよッ！」

グレンが、左手に出現させた《世界石》を握りしめる。

セリカの知識を瞬時に引き出す。

（こういう、俺達の律法とは異なる法則で存在する、外宇宙の神格・旧支配者・概念存在どもに有効なのは……ッ！　ほう？　おあつらえ向きなのがあるじゃねーか！）

グレンは、瞬時に術を選択する。

だが意外や意外、選択した術は──なんと黒魔【ゲイル・ブロウ】。システィーナも得意とする、初等攻性呪文である。

だが、ここでセリカの叡智と技術を利用して、脳内でその術式を即座に魔改造、その術式にとある属性を付与する。

それは――概念破壊属性。理外の領域に存在する者達の絶対否定。

さらには、多次元連立平行世界から、主観的視座たる第一世界――つまり、この世界に存在するグレンへ魔力を収束させる増幅次元式も連結させ、魔力出力256%上昇。


「《駆けよ黒風・駆けて滅せよ・否定せよ》――いっけぇえええええ――ッ！」


グレンが繰り出した左手から、黒い突風が渦を巻いて、猛烈な勢いで砲弾のように飛んで行く。

――神殺【ゲイル・ブロウ】。

ただの黒魔術で、概念存在達に確実な損傷を与える、神殺しの術である。

「ぉおおおおおおおおおおお――ッ！」

グレンの放った黒き突風は、周囲の破片を吹き飛ばしながら、削りながら凄まじい勢いで《猟犬》達をなぎ払っていき。

「……合わせますッ！」

さらに、そこへ、システィーナが素早く優雅に左手を振るい、幾千と乱舞する輝く風の刃を無数に叩(たた)き込む。

交錯する、黒と光の風。

「「「9あおいうぇgrjんもgんsまおrごいごkじれオオオ――ッ！」」」

バラバラに引き裂かれた《猟犬》達は、身を切るような悍ましき断末魔の叫びを上げ、塵(ちり)のごときに分解され、消滅していくのであった。

「へっ！　どんなもんだ！　【愚者の一刺し(ペネトレイター)】は弾数が限られているからな！　お前らごときはこれで充分だぜ！」

『フン……まぁ、この短期間で大分、サマになってきたわね。褒めてあげる』

どや顔グレンに、ナムルスが肩を竦(すく)める。

「私達もやるでしょ？　先生！」

「うん。私達が力を合わせれば、どんな敵にだって負けません」

「ん！」

システィーナ、ルミア、リィエルも、この初戦の勝利にそれぞれ得意げに頷(うなず)く。

――と、その時だった。
ぱきっ！　突然、その場の空間に、硝子のようなヒビが入って。
そして――……割れ砕けた。
「……なっ⁉」
次の瞬間、その場が突然、パッ！　と目が眩まんばかりの眩き光に包まれて――
その場が、白熱して、白熱して、白熱していって、
グレン達の視界が、真っ白に染め上げられていって――……
「な、一体、何が起き――……？」
――。
……。
……ところで。
この〝僕〟――高須九郎は、いつも思う。

見上げれば、周囲に高く聳え立つ高層ビル群。摩天楼に切り取られた、狭い空。アスファルトで舗装された道路。交差点を行き交う老若男女。

信号機の色が変わる度、人々が織りなす大河は、劇的にその流れを変えていく。

だが、誰も彼もがスマートフォンを片手に、他者への無関心を決め込むその場所は、まるで石でできた孤独な密林。文明の牢獄のようであった。

「…………」

行き交う無数の自動車は、相も変わらず有害な排気ガスを吐き続け、大気を汚し続けている。電気自動車が普及したとして、根本的な解決にはならないだろう。

人口増加、食糧不足、資源枯渇、海洋汚染、大気汚染、砂漠化、流行する感染症、地球温暖化、オゾン層破壊、核兵器……人類の行く末には、まるで暗雲でも立ちこめているかのように問題が山積みであり、未来には不安しかない。

ＳＤＧｓの概念が誕生し、持続可能な発展に向けて、人々の意識は少しずつ変わりつつあるようではあるが。

……やはり、人の愚かしさだけは、根本的には何も変わってない。

人は未来に向かっているようで、今、静かに滅びへ向かっている。

だが、僕はそれでも、この世界が好きだ。

時に戦争、時に災害……太古の昔から、歴史上様々な困難に直面しつつも、必死に生きてきたこの世界が好きだ。

強さも弱さも、賢さも愚かさも、優しさも残酷さも、まるで万華鏡のように千変万化させて覗かせる、人間というものが……僕は好きだ。

だから、一部の愚かしき人の手で、その歴史を閉じさせてはいけないのだ。

ここは西暦２０ＸＸ年、米国はマサチューセッツ州の、とある地方都市。

この僕、高須九郎は、そこを拠点に活動を続ける、人類唯一の……そして、恐らく最後の魔術師である——……

「高須九郎。やはり、情報通り《星の智慧派》教団は、件の儀式を実行するそうだ」

僕が拠点としている、とあるビルの閑散としたオフィスで、とある大学教授が、僕にそんな報告をする。

僕よりやや年上のその男は……僕の協力者であり、同志だ。

「あのカルト教団め……《門の神》を招致し、人間の女との間に〝落とし仔〟を産ませるらしい。それだけの技術力と資金が連中にはある」

「やはり、ダニッチ四号計画……裏にいるのは、東側の連中かい？」

「恐らくは。つまりは1913年のダニッチ村の事件の再来というわけだ……」

世にも悍ましい、とばかりに。

僕の前で、その男が頭を抱えて震える。

「狂ってる！　連中は……本当に新たな神性を創出する気だッ！　しかも1913年のダニッチ村を再現するなら、生まれるのは双子……あの悍ましき怪物達が二体も！　こんなことがあってたまるか！」

「落ち着いてくれ、教授」

「ああ、一体、どうしたらいいのだ⁉　ただでさえ、今はこの世界の裏側で、外宇宙の邪神どもが――……」

「落ち着いてくれ」

僕は、真っ青になって狂乱一歩手前のその協力者を、なんとか宥めようとする。

そして、窓の外の空を見上げ、僕は呟く。

「人類は……本当に凄かったと思う。高度な科学技術は魔法と変わらない、というけど……まさにそれだった」

思い返せば。

２０２０年代から30年代にかけて、それまでも指数関数的に発展してきた科学技術は一気に革新発展し、それまで迷信と信じられていた魔術・魔法の領域を、本当に唐突に、そして、猛スピードで解明し始めた。

世界に革新が起きたのだ。文明のシンギュラリティだ。

各国の政府上層部は、こぞって科学による魔術を研究し、今まで僕達が秘匿してきた様々な神秘を解き明かし、多元宇宙、多次元連立平行世界、次元樹……この世界の真なる有り様を解明した。

知ってはならぬ、触れてはならない存在……外宇宙の神々達の存在を証明し続けた。

僕達、魔術師だけが密かに受け継いできた、護り続けてきた神秘と知識が、今はもう完全に白日の下に晒されてしまったのである。

そして。

極まった科学は……実は、魔術や魔術儀式と相性が抜群だった。

魔術の儀式の発動には、正しい知識は勿論、術者の卓越した技量が必要である。

それらは、術者の資質や経験、感覚的なものによるところが大きい。

精神集中であったり、正しい呪文詠唱であったり、魔力調整であったり、複雑怪奇な術式手順であったり。

だからこそ、魔術は魔術師という専門家にしか扱えない、特殊技能であった。

だが、科学は——そんな魔術の専門家達の存在意義を奪ってしまう。

膨大な記録容量の外部媒体に、必要な魔術知識を魔術師の頭脳以上に精密に記録し、繊細な魔力制御や術式手順は、プログラムで完璧に操作。

個人的な経験則、あるいは人の感情が必要とされる奥義と呼ばれるような部分すらも、高度な疑似人格AIがあれば、再現はまったく問題ない。

こうして、この世界の神秘は、ただの科学技術に貶められた。

奇しくも、魔術によって表されるこの世界の真の有り様が、1900年代初頭に活躍した、米国のとある怪奇・幻想小説家の考え出したコズミックホラーな神話体系に酷似していたのは、一体、何の因果か、皮肉か。

やはり事実は、小説よりも奇なりといったところか。

もちろん、科学による魔術は、民間がおいそれと使える技術ではなく、各国上層部が秘匿する極秘技術という立ち位置ではあったが。

科学による魔術解明が、人類に過ぎたる力をもたらしたのは言うまでもない。

それは、現代のエデンの果実……あるいは、プロメテウスの火。

そして、２０２０年代後半から始まった、世界全体の慢性的な資源枯渇とエネルギー不足。奪い合わなければ生き残れない、そんな暗黒の時代が近づいていたのだ。

よって、人類に与えられた絶大なる力――各国が、科学による魔術を兵器に転用する流れとなるまで、時間はそうかからなかった。

だが、魔術はただの火器転用には向かわない。そんなものは科学で充分だからだ。

結局、人を殺すのは、銃や爆弾だけで事足りる。戦闘機や戦車があればいい。

求められたのは、必要なのは、もっと戦略的かつ絶対的な兵器。

特に、人類最強の兵器――核兵器をも超える、問答無用の究極兵器。

すなわち――《信仰兵器》。

人類史以前に存在した太古の旧支配者、外宇宙の邪神達の兵器転用。

各国の機関が、各国の秘密結社が、こぞってその《信仰兵器》の研究を行っていた。

人類の終わりは近い。黄昏(たそがれ)が、すぐそこまで迫っている。

この窓の外では、世界の裏側でこのような冒瀆(ぼうとく)的で悍ましいことが進行しているとは露ほども知らぬ人々が、日々必死に、一生懸命暮らしている。

一部の人間達だけが愚かなだけで、大部分の人間は何も知らないのだ。

彼らを守らねばならない。

それが、人類最後の魔術師としての、僕の責任なのだ。

「今は……僕にできることをする。そんな邪悪な研究機関を、一つ一つ丁寧に潰していくしかない……」

そう言って、僕は武装を用意する。

強固な防御が付呪(エンチャント)されたマントフード、呪印を刻んだナイフ、魔術の力を込めた拳銃、ルーンの石、各種護符(アミュレット)、各種魔術触媒——それらは、とある神性の秘奥(ひおう)を謳(うた)う魔導書から得たものだ。

そして、最後に、それを手に取る。

それは……神殺しの偃月刀(えんげつとう)。

この黒い刀身の偃月刀は、武器であると同時に、僕の魔術師としての杖(つえ)であった。

(この偃月刀の真なる力を、僕がきちんと扱えたのなら……)

己の魔術師としての限界に、僕が歯がみしていた……その時だった。

「あ、あ、あぁああああああああッ!?」

突然、協力者が恐怖の悲鳴を上げ始めた。

顔を上げれば……周囲に存在する〝鋭角〟から、煙が上がってくる。

次々と、虚空からその煙に導かれ、異形の怪物が形成される。

そいつらの正体は――

「……りょ、《猟犬》……ッ!? ラバン！ 逃げろ！」

「ぎゃあああああああああああああああああああああ――ッ！」

協力者は、時と空間を吹っ飛ばして襲いかかるその怪物に、一瞬でバラバラに噛み裂かれてしまう。

その亡骸は、なぜか一瞬で腐敗し、グズグズに崩れていく。

「……く、くそッ！ 東側がすでに《猟犬》の召喚・兵器実用化に成功したとは聞いていたけど……ッ！ よりにもよって、なんてモノを喚び寄せたんだッ！

くそ、くそ、くそぉおおお――ッ！」

あまりにも唐突過ぎる友の死に、《猟犬》達の冒瀆的な姿に、己の正気が削れていくのを感じながら。

己が砕け散っていきそうなほどの恐怖と絶望を、必死に堪えながら。

僕は、偃月刀を抜き放ち、呪文を唱え始めた。

《猟犬》達が、一斉に、僕へと襲いかかってくる――……

――。


それは――現実の時間にして、ほんの刹那に過ぎなかった。

だが、グレン達は、確かに垣間見たのだ。

今、此処とは違う世界の、とある青年の、恐怖と絶望の記憶を。

「――はッ⁉　はぁ……はぁ……」

「い、今の……ッ⁉」

「……ッ！」

我に返ったグレンが、システィーナ達を振り返れば、彼女達もグレンと同じ記憶の光景を垣間見ていたらしい。

その顔は、真っ青になっていた。精神が酷く削れ、疲弊している。

あのリィエルすら、いつになく動揺し、顔が強ばっていた。

「な、なんだったの……ッ⁉　今の……ッ⁉」

『言ったでしょう？　彼の恐怖の形だって』

ナムルスがどこか遠い目をして答える。

『夢は悪夢を内包するわ。彼が無意識のうちに深層意識野に封じ込めた、恐怖と悪夢の形が……このメルガリウスの天空城には交ざっているの。

その悪夢と恐怖の形に触れることで……貴方達は頑なに蓋していた彼の記憶を、刹那、垣間見ることになるわ』

「……なんだよそりゃ⁉　面倒臭ぇな、おい！」

『なんでもありと言ったでしょう？　今さら愚痴言ってる場合じゃないわ。ほら、次、来る……』

ナムルスがそう言って、注意を促そうとして。

そのほんの一瞬だけ……哀しげに目を細めた。

『これは。こいつは……』

「お、おい？　どうした？　ナムルス？」

ナムルスの奇妙な反応を、グレンが訝しんでいると——

ぞわり、ぬちゃり……

空間が歪み、そして、湿った。

ぞ、ぞ、ぞ……と。まるで子宮のような虚空の門より、異形が現れる。

べしゃり、と。生まれてはいけないモノが生まれ落ち、ボコボコ膨れ上がる。

まるで、二人の人間を溶かして混ぜ合わせたような、見るも悍ましき冒瀆的で奇妙な造形を為していく、それは――……


――。


「ぁぁあああああああああああああああああああぁぁぁぁぁ――ッ！」

その日、街一つが死んだ。

全ての人間が、悉く、ぺちゃんこに腐れて死んだ。

あの愚かな《星の智慧派》が、計画通り《門の神》を招致してしまったのだ。

その儀式の生贄となって、その街の人間達と教団の人間は悉く、死んでしまった。

僕は――間に合わなかったのだ。

死闘の末、教団の教祖を斬り伏せ、《門の神》の送還には成功したが――

「あああ、生まれた……生まれてしまったのか……ッ！」

全てが真っ黒に燃え上がる、地獄の底のような光景の中で。

僕は、その祭壇上に存在する、それを見つめる。


『…………』

『…………』


それは確かに、二体の怪物であり……同時に、一体の化け物であった。

沸騰するように泡立ち続ける、玉虫色に輝く無数のゲル状球体によって二つの女の姿を造形し、それらを絡み合わせたかのような、その風貌。

片や燃え尽きた灰のように淀んだ銀色の髪、片や決して輝かぬ昏い金色の髪。

その全身に存在する、暗く淀んだ無数の赤珊瑚色の瞳。

その背中に生えているのは、歪んで捻じくれた翼のような形をした……何か。目玉と深海の奇怪な生物達をいくつも掛け合わせたかのようなその混沌の造形の翼。

そして、そんな彼女達の背中から胸部を貫くように、ギザギザに拗くれた造形の、二つの巨大な鍵が突き刺さっている。黄金に輝く鍵と、銀色に輝く鍵だ。

ああ、もう見るも悍ましきその異形。ただひたすらに不吉で、不快で、冒瀆的なその存在は――

「……これが……こいつらが……《天空の双生児》……ッ!?」

『ア、ォ、ゥ……』

『エエ、エエ、エエ……』

僕の呻きに、その異形達――《天空の双生児》が虚ろな声を上げた。

最悪の事態となってしまった。ここに、新たなる神が顕現してしまったのだ。

半人半神とはいえ、あの《門の神》の権能を一部、引き継ぐ神が。

それが、この世界にいかなる災厄をもたらすか、僕には想像もつかない。

「……いや、まだだ……ッ! 今なら……ッ!」

僕は神殺しの偃月刀を抜く。

この子達の本質――本体は外宇宙にある。どこの空間、時間軸にも接し、偏在する《門の神》と交わって子を為すとはそういうことであり、この子達はこの世界に干渉するための端末に過ぎない。

生まれてしまった以上、今、ここで、この子達を始末しても、この子達の本質には何のダメージにもならないが、それでもこの世界からは追い出せる。

この子達の権能を、他の邪な人間に悪用されることだけは防げる。

「この子達はまだ幼体だ……ッ！　今なら殺せる……ッ！　滅することができる……僕の不完全な神殺しの力でも……ッ！」
視界に入れるだけで正気が削れていく、その悍ましき双子の落とし仔に対峙し、僕は偃月刀を構え、そして、呪文を唱えながら振り上げて――

『カタチ、ヲ、クダサイ』
『ナマエ、ヲ、クダサイ』

突然、心に直接語りかけられて、寸前で僕の手は止まった。
「……くっ!?」
そんな僕に、その双子は次々と語りかけてくる。
『ワタシタチ、ハ、ウマレタ。ダレカ、ニ、アタエルタメニ』
『ワタシタチ、ハ、ウマレタ。ダレカ、ニ、ササゲルタメニ』
『ソレガ、ワタシノ、ウマレタリユウ』
『ワタシノ、ソンザイスルイミ』

そう。
彼女達は誰かに与えるために、産まれた。産まされた。
《門の神》のその壮絶な権能を、人間が代償なく一方的に利用できるように。
その力の通り道、インターフェイスとしての器を用意され、役割を定義され、そして
……無理矢理に、この世界に産み落とさせられたのだ。
この仔らに罪はない。
これはただただ、愚かなる人間が傲慢と増長の果てに犯した罪の形。
人の罪業の形なのだ。

『ダカラ』
『カタチ、ヲ、クダサイ』
『ナマエ、ヲ、クダサイ』
『……ダレカニ、アタエルタメニ』

見れば。

彼女達は、実は殺すまでもなかったことに気付く。

徐々に、彼女達の身体は端から自壊していって、存在崩壊を起こしているのだ。

恐らく、僕が横やりを入れたせいで、新たなる神性《天空の双生児》生誕の際における、その存在定義がまだ不完全だったのだ。

概念存在の存在定義が未確定……それは、人間にとっての致命傷に等しい。

つまり――彼女達は、放っておけば消滅する。外宇宙に在る本体ともども。


『痛イ……痛イノ……存在スルダケデ、痛イ……苦シイ……』

『コレデハ、ダレニモ、ナニモ、アタエラレナイノ……』


「…………」


許されざる命だ。この世界に在ってはならない存在だ。

元々の存在規格・規模が違う。どうあっても人間と相容れない存在なのだ。

だが……


『ダレカニアタエタイ……ダカラ……ナマエ、ヲ、クダサイ……』

そんなどこか寂しげで、子が親に寄る辺を求めるような声だった。

その悍ましき姿形とは裏腹に、その無数の目は意外なほどにつぶらだった。

自分が死ぬことよりも、自分が死んで、誰にも、何も与えることができないことの方が哀しい……そんな目だ。

僕が救おうとする人間達よりも、その欲望に濁った目よりも、よほど綺麗な目であった。

「…………」

いつもの僕ならば、容赦なくこの子達を滅しただろう。

万が一のこともある。自壊を待ってなんかいられない。確実に仕留める。

だけど、その時……僕は、疲れ果てていた。

長きに亘る外宇宙の神々との戦いで、人間達の悪意との戦いで摩耗していた。

相棒を喪い、仲間を喪い、恋人を喪い、理解者を喪い、師を喪い、故郷を喪い、もうすでに何もかも喪って戦い続けて。

それでも誰からも賞賛されることはなく、むしろあらゆる国々の機関から、人類の敵扱い。まるで、世界の全てから拒絶されたような気分だった。

お前なんか無意味だ、必要ないんだ、と言われているようで。

だから、最初から存在そのものが許されないこの子達に、奇妙なシンパシーがあったのだろう。

魔が差した。あるいはただの傷の舐め合いなのか。

僕は……

「そうだよね。子は親から祝福されて生まれてくるものだよね……なのに、生まれたばかりなのに世界から否定されるなんて……そんなの、あんまりだ」

……神殺しの偃月刀を納める。

「なら、僕が……君達の存在を定義しよう。まずは……」

周囲を見渡すと、祭壇の傍に、一人の女性の遺体があった。

綿毛のように柔らかな金髪の、まるで天使のように可憐で美しい女性だ。

生まれたままの姿だが、なぜか下半身だけが綺麗さっぱりない。まるで何かに切り取られて持っていかれたかのように滑らかな切断面。なぜか、血も臓物も零れていない。

下半身がない、ということを除けば、他に傷一つ無く、ただただ眠っているようにしか見えない……そんな遺体だった。

「この人が……この子達の母親か……」

この悍ましき双子の落とし仔を出産するに至るまで、一体、彼女に何があったのか。

今となっては想像もできないし、したくもない。

悲惨な死に様とは思うが、外宇宙の邪神や邪法と関わってこれならば、まだ充分美しいといえるマシな死に様だ。

女性の死体の額に指を当て、呪文を唱える。

残留記憶透視(サイコメトリー)の術で、その女性の情報を読み取る。

「……彼女の名は〝アルテナ＝ウェイトリー〟……どうやら魔術的に特殊な血だったみたいだ。ダニッチ事件のあの忌(い)むべき家の系譜……つまり元々神を孕むのに最適な……そんな異能者だった。……因果な血だよ、可哀想(かわいそう)に」

しばし、彼女の冥福を祈って。

「……せめて、この人の遺伝情報を使わせてもらおう」

僕は、試験管にその人の腕から血を採取し、呪文を唱えてそれを結晶化。

結晶から、彼女の肉体を構成する遺伝子情報を読み取って、不完全であるがゆえに自壊していく、双子の落とし仔達(たち)の足りない存在情報を補塡していく。

双子の身体(からだ)に手を当て、その霊域(セフィラ)に踏み込み、素早く心霊手術を施していく。

その身体を、作り替えていく。

ほどなくして、術式は成功し……その見るも悍ましき異形は、徐々にその有り様、姿形を変えていく。

その不定形の肉が蠢(うごめ)き、形を変え、質感を変えて……徐々に、母親そっくりの人間の少女のような外見を獲得していく。

僕は、その双子が生まれ変わっていく様を見つめながら。

今、自分は何か取り返しのつかない過(あやま)ちを犯してしまったのではないかと怯(おび)えながら。

今は全ての心を虚無にして、必要なことだけを考えた。

もう何も考えたくなかったから。

「君達の存在名は……そうだね。ここは、とある実体を持たない精神生命体……時間と空間の秘密を極めた《偉大なる種族(イース)》の言葉を借りて、こう定義しよう」

――〝時の天使(ラ=ティリカ)〟。

――〝空の天使(レ=ファリア)〟。

――――。

「リィエル、今だッ！」

「いいいいいやぁああああああああああああああぁぁぁ――ッ！」

双子の異形との、時と空間を擦り削るような死闘の末。

グレンと、システィーナと、ルミアが、活路を切り開いて。

最後に、遙か高い空から舞い降りたリィエルが――銀色の剣閃【絆の黎明】を全力で振り下ろす。

斬――ッ！

その双子の異形は、リィエルが放った眩き銀の閃光に、左右真っ二つにされて。

そのまま、ザァ……ブクブクブク……と、玉虫色に輝く泡のような球体に分解され、消滅していくのであった。

「なんとか、勝ったが……ッ！」

「ね、ねぇ、先生、今のって……？」

システィーナの戸惑ったような言葉に、グレンは押し黙る。

グレンだけではない、戦いの最中、その場の全員が見てしまったのだ。

今、自分達が倒した双子の異形に纏わる、とある記憶の光景を――……

「「「…………」」」

相も変わらず、遥か眼下の天空城を目指して落下し続ける中、グレン達の間に微妙な沈黙が流れていると。

『フン。よかったじゃない、相手がただの不完全な幼体端末で。外宇宙に存在する〝本体〟がご登場していたら、貴方達全員、問答無用でゲームオーバーよ』

ナムルスが、そんなことをどこか強がるようにぼやく。

『そうよ……お察しの通り、アレが私の正体よ。幻滅したでしょう？　こうして人の皮を被っているけど、私は結局、化け物ってわけ』

「…………」

『だから……ルミア、貴女が羨ましかった。紆余曲折あっても、本当の人間の肉体を得た貴女がね。最初、私が貴女に辛く当たったのは……そのせいもあったのかもね』

「……な、ナムルスさん……」

『ま、こんな私が一緒にいて気持ち悪いかもしれないけど、貴方達、この戦いが終わるまでは我慢なさい。全部終わったら、私は消え──……』

と、その時だった。

「バカ野郎、見損なうな」

グレンが、自分の肩の上でどこか寂しげに嘯くナムルスの頭へ、手を乗せる。

「いきなりだったんで、ちょっとばっかし驚いただけだ。それだけだ」

『ぐ、グレン……？』

「俺だけじゃねえ。白猫も、ルミアも、リィエルも同じだ。お前の正体や、本当の姿がどんなものであろうが関係ねえ。俺達は仲間だ。それだけは神に誓って間違いねえ。こっちの気も知らんで、自分勝手にネガ吐くのはなしな？」

そんなグレンの言葉に。

システィーナも、ルミアも、リィエルも、コクコクと頷く。

その瞳には、恐怖も、嫌悪感も、その欠片も見当たらなかった。

『あ、貴方達……』

しばらくの間、ナムルスは呆気に取られたように目を瞬かせて。

やがて、頬を赤らめ、拗ねたようにそっぽを向くのであった。

『フン……何を偉そうに。たかが幼体端末の姿を受け入れたくらいで、いい気になっちゃって。外宇宙にある、私の〝本体〟を前にしても、同じ事が言えるかしらね？』

「い、いや……俺は……それでも……」

『まぁ、いいわ。とりあえず、貴方達が、アレを見てもまだ私のことを仲間だと思っていることは信じてあげる。感謝なさいな』
「……お前、本当に出会った当初から、常に上から目線で生意気で捻くれてるよな……そういうとこ、全然変わらなかったな……」
『うるさい！　っさい！　うるっさい！　そんなことより、次、来るわよ!?』
ナムルスが顔を真っ赤にして怒り、その小さな手でグレンの頬を、ぺちぺち叩く真似をすると。

ぱきぃんっ！


今度は、空間に亀裂が入っていた。

その亀裂を押し広げて、何かがグレン達の側へと押し入ってくる。

奇怪な悲鳴のような音と共に空間が拉げ、現れたそれは——顔のない大男であった。

城のような巨体は、白くぶくぶくと膨れ上がっている。その巨腕の先には、鈍く光る牙が覗く口が開いており、テラテラと光る舌先が、獲物を探すように動いている——

「うげぇ、キモッ！　すんごくキモォオオオオオオ!?　なんだアレ!?」

『あれは……《背徳と悪行の主》ッ！　気をつけて、グレン！　アレもれっきとした、外宇宙の邪神の一柱よ！』

「神のバーゲンセールかよ！　ええい、クソ！　やったるわ！　システィーナ、ルミア、リィエル！」

「はいっ！」

「ん！」

グレンが拳銃を抜いて突撃し、システィーナとリィエルがその後に続く。

最後尾で、ルミアが黄金の鍵を掲げて――

次から次へと現れる、悍ましき敵達へ。

グレン達は、ひたすら立ち向かい続ける。

天空城を目指し、どこまでも落下を続けながら、戦い続ける――……

――――。

「どうやったら、この世界を救えるんだろう？　ここはこんなに平和なのに……それでも世界は滅びに向かっているんだ……」

僕が現在、拠点にしている、とある事務所内にて。

僕は椅子の背もたれに背を預け、天井を仰いで嘆いていた。

「《無垢なる闇》……2020年代から始まった人類の迷走の裏に、かの邪悪なる神性が暗躍していたことまでは突き止めた。

かの神性は、この世界中に、外宇宙の神々と魔術の知識を、いたずらにバラ撒いて……僕達人類が自滅する様を見て、あざ笑っているんだ。

そこまでわかっているのに、届かない……どうしても、かの邪神に届かない……破滅へ向かう人類の歩みを止めることができない……」

僕が、そんな風に頭を抱えて嘆いていると。

「……根を詰めすぎよ、九郎」

「そうですよ、私達は一歩一歩進んでいくしかないんですから」

と、二人の少女が声をかけてくる。

どこかスレた雰囲気のある銀髪の少女は、ラ＝ティリカ。

どこか人なつっこい印象のある金髪の少女は、レ＝ファリア。

彼女達は、いつかの事件で保護した、あの《天空の双生児》達だ。

今や、彼女達は僕の戦いにおける掛け替えのない戦友であり……大切な家族だった。

「コーヒー淹れたわ。一息入れなさい」

「肩でもお揉みしましょうか？　主様」

「あはは、ありがとう」

成り行きと魔が差したせいで、たまたま《天空の双生児》の力を手に入れてしまった僕だったけど。

あの時は、ただの非合理的な感情にまかせて行ったことだったけど。

しかし、結果的にはそれはとてつもなく合理的な判断であった。

端的に言えば……《天空の双生児》の力は、凄まじかった。

彼女達と契約することで、彼女達の権能を借りることができ、彼女達が知る外宇宙の知識をも得ることができた。

おかげで、僕の魔術師としての位階は、遥かに上がった。

彼女達と出会う前に、すでに僕は魔術師として限界を極めていたはずだったのに、今やそれを遥かに凌駕している。

恐らく、今の僕は、この世界の歴史上、最強の魔術師となったと言っても過言ではないだろう。

だが。

それでも。

「……悔しいな」

レ＝ファリアの気遣いを受け、ラ＝ティリカの淹れてくれたコーヒーを飲みながら、僕はぼやく。

「君達の力を借りても……足りない。

この滅び行く世界を救うには……とても足りないんだ」

今や、もう各国で兵器としての外宇宙の邪神召喚《信仰兵器》が、実用化しつつある。

そして、国際世論は、自国の利益を最優先しての戦争一色。

もう、滅びのカウントダウンは始まっている。

何者かに、自分達人類が、踊らされていることにも気付かずに。

「くそ……僕が、かの神の力を本当の意味で借りることができたのなら……ッ！」

僕は傍(かたわ)らに置いてある偃月刀(えんげつとう)を抜いて、その黒い刀身を見つめる。

するると。

「無い物ねだりしても始まらないわよ」

「そうですよ」

ぬっ！　と。

ラ＝ティリカとレ＝ファリアの顔が、刀身をさえぎって僕の顔の前に現れる。

「そもそも、応えてもくれない神を当てになんかしないで。……貴方には、私達がいるでしょう？」

「そうですよ。私達なら、なんでも貴方に与えてあげられるんですから！」

ラ＝ティリカは、どこか拗ねたような顔で。

レ＝ファリアは、どこか甘えたような顔で。

双子の姉妹だというのに、その本質は誰かに与える存在で共通しているのに、二人の性格はまるで違う。

外宇宙の邪神の一柱とはとても思えない。本当に人間の少女のようだ。

欲望に塗(まみ)れて力に振り回されている醜い人間達よりも、よほど人間らしい。

それが、どこかおかしくて。

「……ぷっ」

僕は、つい吹き出してしまう。

「何よ？　何がおかしいの？」

「いや……ただ……救われているなって」

「……？」

「君達がいてくれて……本当に良かった」

その時、僕は決意する。

この世界を、守ると。この二人のためにも。

「そうだ……僕は《無垢なる闇》を倒す。僕の全てをかけても」

僕は、そう固く心に誓って、そして――……

――。

『ははははははははははははは！　ははははははははははッ！　あはははははははははははははははは！　はははははははははははは――』

――大嵐と大津波が渦巻く破滅的なとある海上にて。

誰かの底なしの嘲笑が響き渡っていた。

それは、この世界のあらゆる汚音と不快音を煮詰めたような、悍ましき怪音。

それでいて、この世界の至高の楽器と演奏家達を寄せ集めて、神域の楽曲を合奏させたかのような美音。

相反する概念が矛盾なく混在調和するその声は、聞いているだけで正気が削れ、魂が崩壊していくような、音の形をした猛毒だった。

それが大気を伝播し、この世界のありとあらゆるものを侵食し、腐食させていく。

そんな音の呪詛を吐き散らかしているモノは……なるほど、それを発するのにいかにも相応しく悍ましい存在をしていた。

確かに、人の形はしている。

だが、異形の触腕、異形の鉤爪……それらは無定形の黒き肉塊と表現するしかない有様だ。混沌に渦巻く顔のない頭部は、常に千変万化し、その真実の姿を対峙する者へ掴ませない。

それはまさに、人の形をした深淵の底の底。

万千の色彩と混沌が織りなす、純粋にして〝無垢なる闇〟であった。

『どうだい!? わかったかい!? 理解したかい!? 納得したかい!? 諦観し、受け入れたかい!? 蝋の翼で空に挑みし、ちっぽけなる愛しき人間!

人間にはどうしたって越えられない〝壁〟があるということに！

君の〝正義〟は──しょせん、その程度だということに！

はははははははははははははは──あっはははははははははははははは！』


人の形をした混沌は笑う。

ただひたすらに、あざ笑う。

その全ての嘲弄がその眼下──海上を大の字になって漂う者へと注がれている。

そう──僕だ。

無数の海魔達の死体が流氷のように浮かぶ海の真ん中で。

全身が見るも無惨にズタボロ。右腕がもげ、左足が取れ、内臓が抉れ、虫の息……どうして生きているのかもわからない状態で漂っている僕を。

哀れで、惨めで、無様な敗北者である僕を──その人の形をした混沌は、いつまでもどこまでも、あざ笑い続けるのであった。


──。

「黒魔改【イクスティンクション・メテオレイ】――ッ！」

グレンが頭上に向かって極太の光波を放ち、次の瞬間、周囲の空間に拡散し、それらが雨あられと降り注ぐ。

異形の触腕、異形の鉤爪を持つ、人の形をした混沌が。

グレン達の前後左右上下を取り囲む、無数の海魔の異形達が。

全方位から乱舞する圧倒的な光波に押し流され、分解され、灰燼に帰していく――

そんな地獄のような光景の中。

「……今のはなんだ？」

グレンは、今の刹那に垣間見た誰かの記憶の真意を、ナムルスへ問う。

すると、ナムルスがため息交じりに答えた。

『高須九郎と、彼の世界の裏側で暗躍していた《無垢なる闇》の戦いよ。……今、貴方が倒したやつは、空っぽのガワみたいなやつだったけどね』

「なっ……」

『まぁ、事実上、以前の元の世界における高須九郎の最終決戦であり……そして、《無垢なる闇》を打倒し、彼の世界を本当の意味で救う……ただ唯一の機会だった』

ナムルスが力なく首を振る。

『おおよそ、彼が考え得るありとあらゆる策と準備を尽くし、全てをかけて戦ったけど
……結果は、大敗北。

その戦いの余波で、彼の故郷だった〝日本〟という国が、海の底に完全に沈没したわ。

ちょうど、アルザーノ帝国くらいの規模を持つ島国だったんだけどね』

「……マジか……？」

『その時の高須九郎は、並の旧支配者や外宇宙の邪神程度なら、単騎で撃破できるほどの位階を持っていたけど……それでも、《無垢なる闇》に対しては、まったく相手にもならなかったわ。まさに、大人と赤子の戦いだった。

むしろ、罠に嵌まっていたのは高須九郎であり、結局、彼は《無垢なる闇》の掌の上で踊っていただけだった。

今思えば……もうすでに、この時、彼の心は折れていたのでしょうね』

「…………………」

グレンが押し黙っていると。

『次、来るわよ』

休む間もなく、グレン達の頭上に、爆発的な存在感とドス黒い神気が膨れ上がる。

さらなる脅威が、かの虚空の彼方より迫ってくる——

——。

……僕は戦った。戦い続けた。

全てをかけて挑んだ《無垢なる闇》との決戦にて敗北し、結果、僕は人々から人類の敵と誤解され、世界から追われ、蔑まれる身になってしまったけど。

それでも、僕はこの世界を、人類を救うために戦い続けた。

《無垢なる闇》の掌の上で踊らされ、愚かにも滅亡へ向かい続ける人類を、なんとかして救済するために、魔術師としての全てをかけて戦った。戦った。戦い続けた。

だが、その甲斐も空しく。

それは起こるべくして、起こってしまった。

——西暦２０XX年。人類終末戦争、勃発。

きっかけは、ほんの些細なことだった。

人間が、後ほんの少しだけ、他人に優しければ防げた戦争だったのに。
各国はここぞとばかりに、これまで蓄えに蓄えた、外宇宙の邪神達──《信仰兵器》を開封投入して。
結果、世界中の空から数億度の猛火の雨が降り、
絶対零度の寒波が吹き荒び、
大気が超電圧のプラズマで満たされ、
毒の海が沸き、
腐敗の瘴気が蔓延し、
あらゆる生物が腐って爛れ、大地の全てが砂漠と化し──
その恐るべき神威と暴威を、世界に遺憾なく炸裂させた。
ただでさえ、この時点で、この星はもう人の生存できる環境でなくなり、すでに人類の滅亡が決定的になってしまったというのに。
泣き面に蜂とばかりに、召喚された邪神達が人間達の制御を当然のように外れ、こんな丸く閉ざされた狭い大地で、神々同士で覇権を競い合う神話大戦まで始めた。
そして、さらなる追い打ち。
ようやく自分達が手を出してはならないものに手を出したことに気付いた人類は、そん

な恐るべき邪神達の力をなんとか鎮めようと、核兵器のスイッチを半狂乱で連打し始めて
——全世界合わせて一万三千二十発のキノコ雲が咲いた。
だが、元来、星間で覇権を競い合う外宇宙の邪神達に、最大でも太陽が一秒間に放出するエネルギーの0・00000001%でしかない核兵器が通用するはずもない。彼らを物理的に滅ぼせる火力など無限熱量くらいのものだ。
そんなもの、マッチの火で炙っているようなもので——

「こんな……こんな結末のために……僕は……僕達は戦い続けたのか……？」

何も無くなった。
ただその一言だけで全て形容できてしまう、本当の意味で〝終わった世界〟。
それを前に、僕はただただ泣き崩れた。
三百六十度、大パノラマで広がる、何もない世界。真っ平ら。
山はない。もう海すらもない。この世界には水の一滴すらない。
本当に何もないのだ。
あるのは真っ赤に焼け爛れた空と、無限に広がる焼け焦げた砂地だけであった。

「フン。人間って……本当に馬鹿な生き物ね。ここまでやる？　普通。もう、あんまりにも馬鹿過ぎて、寒気がするわ」

冷めてドライな性格のラ＝ティリカは、そんな有り様を見て鼻で笑って。

「ぐすっ……ひっく……九郎様……ごめん……ごめんね……私の力が足りなかったばかりに……私が……あなたに充分な力を与えてあげられなかったから……ッ！」

心優しいレ＝ファリアは、嘆き悲しみ泣きじゃくる。

「レ＝ファリア！　いい加減になさい！　こんなの私達のせいじゃないわよ！　どうしようもなかった！　こんなの……一体、私達にどうしろっていうのよ!?」

「ど、どうしてそんなこと、言うの!?　姉様!?」

そんな風に言い争う二人を余所に。

「あ、あああ、ぁあああああ……ッ!?」

僕は、耳を押さえてその場に蹲った。

「ど、どうしたの!?　九郎！」

「だ、大丈夫!?　何かあった!?」

「聞こえる……聞こえるんだ……ッ！　あいつの……《無垢なる闇》の嗤い声がッ！」

それが幻聴だということはわかっていた。

でも、この時、僕ははっきりと聞こえたのだ。

――はは――ッ！　あっはははははははははははははははははははははッ！　ひゃっははははははははははっ！　いっひゃひゃひゃッ！　あーっはははははははははははははははははははははは――……

この滅んだという言葉が生温（なまぬる）いくらいに〝終わった〟世界を見て。

他ならぬ人類自身がこの終わりを選択したという結果を見て。

あいつは、きっと嗤っている。

この世界の裏側で、この哀れで滑稽で悲劇な喜劇を、拍手喝采で、心底腹を抱えて、嗤っているのだ――

「僕は、何も……何もできなかった……あんなに、あんなに頑張ってきたのに……ぁあああああああああああああ――ッ!?」

「……高須九郎ッ！　もう終わったの！　終わったことなの！　気に病んでいたって始ま

らないわッ！　気をしっかり保ちなさい！」

そんな僕を、ラ＝ティリカが叱咤する。

「話変わるけど……もうこうなった以上、受け入れてくれるわよね？　件の私の提案」

「…………」

件の提案。

それは、ラ＝ティリカが前々から僕に提案していたことだった。

それは……『この世界を見限って、別の世界に移住すること』。

ラ＝ティリカは、もう随分と前からこの世界と人間に見切りをつけており、この世界を捨てる選択を考えていたのである。

「こうなった以上、もうこの世界にいる意味もないでしょ？　だって、もうこの世界で生きている人間……というか、生きている有機生命体は、もう貴方だけなのだから」

「…………」

「もう、転移先の新世界の目処はついてる。私とレ＝ファリアで探しておいた。私達の権能があれば、次元樹を超えて異世界転移もできる」

「…………」

「……何かを守りたかったら……次の世界で頑張ればいいじゃない。ま、どうするか貴方に任せるわ。どうせ、私は妹と貴方と三人で一緒にいられれば、どこだっていいもの」

そんなラ＝ティリカの提案に、僕が押し黙っていると。

「ねぇ、九郎様。次の世界で……頑張ろう？　私達三人で、今度こそ、一緒に」

レ＝ファリアが僕の頬を優しく撫でてくる。

それで……僕は全てを吹っ切った。

「そうだね、行こう。三人でいれば……何も……もう」

────。


「先生っ⁉　危ない！」

「……くっ⁉」

システィーナの警告に、はっとしたグレンが咄嗟に、その空域を飛び離れる。

半瞬前、グレンがいた空間に、超極太の巨大触手が叩きつけられる。

その圧倒的質量は、その場の空気を容赦なく引き裂いてかき混ぜ、まるで爆弾の暴発のような凄まじい爆風を巻き起こす。

「……くっ⁉」

グレンが見上げれば――そこには、目眩のするほどの暴威と冒瀆。

それは、まるで悪夢そのもののような姿。

無定形な原形質状の塊が、触手のある頭足類のような頭部と、四つの眼球、コウモリの如き翼で形成したドラゴン――のような、絶望的な怪異。

巨大である。

ただひたすらに、仰ぐほど、見上げるほど、天を衝くほどに巨大である。

そして、その翼の羽ばたきだけで、あらゆる生物をぺしゃんこに押し潰す壮絶な空気圧を巻き起こし、大気をかき混ぜていた。

システィーナの光の風の護りを纏っていなければ、グレン達はぺしゃんこの肉塊になっていたことだろう。

『――《大いなる九頭龍》……ッ！　私が元いた世界を完膚なきまでに破壊した《信仰兵器》達の一つよ……ッ！　とある世界最強軍事大国の最終兵器だったわね！』

「……なんってモノ、喚び出してんだ、バカ野郎！」

『そんなことより……グレン、貴方、何ボケッとしてるのよ⁉』

グレンが高速でその空域から離脱する最中、ナムルスが耳元で叫く。

『随分余裕ね⁉　外宇宙に存在する本体から千切り取った分体とはいえ、外宇宙の邪神相手取ってる最中に考え事なんて！』

「そ、それは……」

ナムルスの叱責に、苦虫をかみ潰したようになるグレン。

(俺は……今、同情していたのか？　こともあろうに……あの最低最悪のクソ野郎である魔王に……頑張っても頑張っても報われない、その哀れな姿に、俺は……ッ！)

ぎり、と。

グレンが歯がみする。

『グレン──追ってくるわよッ！』

ナムルスの叫び通り、《大いなる九頭龍》はその極太の触手達を伸ばして、グレンへ繰り出してくる。

この呆れるほどの巨大さだというのに、その触手の動きは鞭のように鋭く、放たれた矢のように速かった。

「うおおおおおおお──ッ⁉」

グレンが、体捌きで旋回し、急上昇し、反転し、迫り来る触手達を辛うじてかわし、かわし、かわし続け──

「先生――ッ⁉」

　そんなグレンへの援護に、ルミアが空間に鍵を差し入れ、がちゃりと半回転させる。

　すると、《大いなる九頭龍》の周囲に流れる時間が極端に遅くなり――逆に、グレン達に流れる時間が超加速する。

　狂った時の流れに、世界がルミアの鍵を中心に、ぐにゃりと歪んで大回転を始めて――

「いいいいいいやぁあああああああああああああ――ッ！」

　リィエルの放つ銀色の剣閃が、虚空を光の速度で飛んで行き、グレンに迫り来る触手を悉く斬り飛ばす。

「ん！　グレン！」

「先生、今です……ッ！」

「おうよッ！　【愚者の――】」

　グレンが、システィーナの光る風に乗って、《大いなる九頭龍》の頭部へと肉薄する。

　その手には、彼の愛銃が握られていて――

「――一刺し】ァアアアアアアアア――ッ！」

《大いなる九頭龍》の頭部にその銃口を押し当て、容赦なくその引き金を絞るのであった
――

――――。

全てが終わった後。

僕達は……とある世界へと辿り着いた。

文明レベルの低い、とても原始的な世界だったが、手付かずの自然に溢れた美しい世界だった。

ただ、人々が安心して暮らすには不便で、少し厳しい世界だった。

その世界を、僕はやはり《偉大なる種族》の言葉を使って、こう名付けた。

――〝希望の新天地〟、と。

そして、僕達は、この世界の原住民たる人間達へ、あえてレベルを落とした原始的な魔術を伝えながら、少しずつ文化と文明を導いていくことになった。

何か困難や問題を、魔術で解決する度、誰からも感謝され、喜ばれて。

人類の狂気と外宇宙の邪神達との戦いにしか魔術を振るってこなかった僕の人生において、これほど心が安らぐことはなかった。

最初は、小さな村から始まって。

それが、発展して町になって。

町が発展して、やがていくつかの国になって。

いつの間にか、僕はその国々の宗主国の王として、頂点に君臨していた。

王として、この世界が道を過たぬよう、以前の世界のような愚を犯さぬよう、導き、見守り続けた。


百年——二百年——

とても優しい時間が流れ続けた。

世界は、人間は、とても緩やかに発展し、いつしか、後の世に超魔法文明と呼び慣らわされるような、理想の楽園となっていた。

魔術の恩恵によって、病気や飢えで死ぬ人なんかいない。

戦争で悲しい思いをする人もいない。

誰もが、幸福で笑顔になれる世界……かつて、僕が夢見たような。

「九郎さ……あっ、ええと、ううん……ティトゥス様ぁ！　お茶、淹れました！　私と姉様でケーキも作ってみたの！」

「どうでもいいけど、結構経つのに慣れないわね、その呼び方」

「あはは、そうだね。でも、仕方ない……〝郷に入っては郷に従え〟」

「……貴方の故郷のことわざだっけ？」

「そうそう」

僕は、そんな新たな世界で、ラ＝ティリカとレ＝ファリアの二人と過ごす。

のんびりと、ゆっくりと、平和に……暮らす。

「ふふ、姉様。ティトゥス様。私、幸せ。皆でこうして一緒にいられて……幸せ」

「……ああ、そうだね」

「フン。……まぁ……悪くないわね」

「私達だけじゃない。この世界にいる皆が、いつも幸せそうに笑っていて……私達に感謝してくれて……なんか、いいね。ずっと、こんな日が続くといいね！」

そう――僕は……幸せだった。

あまりにも温かくて、幸せすぎた。

以前の世界の地獄のような日々が嘘のような……そんな幸せに浸っていた。

……浸りすぎていた。


「……で？　愚妹。貴女、最近、ティトゥスとの仲、少しは進展しているわけ？」

「えっ!?　あっ、ちょ、ね、ねねね、姉様ったら!?　何を言って」

「はぁ……あの唐変木は、私達のことを、妹とか娘とかしか思ってないから、さっさと押し倒して既成事実作った方が早いわよ？　（前の世界の本にそう書いてあったし）」

「ちょ――ね、姉様ったらぁああああああああ――ッ!?」


そう。

幸せで。

あまりにも幸せで。この世界はまるで僕にとって光そのもののように眩くて。

きっと、だから、だったのだろう。

僕の中に存在する闇も、影も、また色濃く残り続けたのだ。

そう――僕は、この幸福が喪われるのを、極端に恐れていた。

やつが、この世界に目をつけるはずがない。そんなの天文学的確率だ。

なのに、その些細な恐怖が拭えない。どこか拭いきれない。

それは、些細な恐怖。

だけど。

ずっと心の中に抱え続けるには、無視できない、とてつもなく大きな闇だった。

いっそ、忘れてしまえば、良かったのだ。

外宇宙の邪神達のことなど、世界の真実など、全て綺麗さっぱり忘れてしまえれば。

だが――……

「ねぇ、ティトゥス様……どうしたんですか……？」

「あの……最近、ティトゥス様の私を見る目が、たまに怖いんですけど……」

「……私、何か至らないところがあったでしょうか……？」

……――忘れることなど、できるわけがないじゃないか。

千年――二千年――

時間が経つにつれ、僕の心の奥底に存在する闇は、少しずつ、少しずつ醸成され、熟成され、育っていき、特濃の猛毒となって——僕の心を擦り削っていき……

どうしても、それを拭いきれず、抑え込みきれずに。

そして——

止せばいいのに、僕はある時、占ってしまった。

占星術で、本当に遠い、遠い、遙か遠い未来のことを。

止せばよかったのに、自ら覗いてはならない深淵を覗き込んでしまったのだ。

そして、それが、一体どれほど先の未来になるかまではわからなかったが。

やがて《無垢なる闇》がこの世界にも来訪する——運命の星辰が、その一縷の可能性を暗示していることに気付いてしまった時。

その瞬間、僕は——何かが壊れた。


——————。

「まさか……貴方様から、お声がかかるとは思いませんでしたぞ、高須九郎。いえ……ティトゥス＝クルォー、でしたかな？　この世界では」

僕は、王都メルガリウスにある居城で、その好々爺然とした初老の男と対面していた。

正確には――初老の男の皮を被った、何か、だが。

「……パウエル神父」

「いやはや、主観時間で数千年ぶりですかな？　私が陰で主宰していた《星の智慧派》教団を、貴方に潰されて以来……ははは、懐かしい」

「…………」

「しかし、随分とまぁ印象が変わりましたな？　これだけの栄華を誇る世界の王にまで上り詰めながら、まるで奈落の底のような目……なんとまぁお労しや」

「…………」

「さて……かつては仇敵同士だったこの私を、わざわざこちらの世界に召喚して……一体、何がお望みですかな？　ティトゥス殿」

「……率直に言うよ。手を組もう。パウエル神父」

僕のこの提案には、さすがのパウエルも少しばかり驚いたようであった。

「おお、おお、これはこれは。実に奇なることを仰る。……忘れたのですかな？　私の正体は――……」

「知ってるよ。君は、僕の仇敵……《無垢なる闇》の眷属。万千の貌を持つ深淵の闇、それが覗かせる貌の一つ。

　いや、眷属というのも違うね。君は正しく《無垢なる闇》そのものでもあるのだから」

「……成る程。そこまで察していて、なぜ？」

「君のことは、前の世界の頃から知っている。

　君は《無垢なる闇》より分かたれた存在でありながら、その本質となる《無垢なる闇》とは袂を分かつ存在……異分子、反逆者だ。違うかい？」

「…………」

「君は君となって長き時を過ごすうちに、強固な自己を確立し、《無垢なる闇》の支配や干渉から逃れたいと願っている。ならば……僕達は手を組めるはずだ」

「……ふむ。然り。私は、私。私の意思や自由は、全て私自身だけのものでなければならないのです。私は、私が得た物や意識が、私ではあるが私ではない〝私〟に奪われるのが我慢なりませぬ。

　そもそも、私でない〝私〟の度が過ぎた倒錯的な享楽にも、さほど興味ありませぬ。

　ゆえに疎ましく思っていたのですよ、我が深淵に潜む、我が本体……我が本質をね」

「…………」

「成る程、確かに我々は同志となり得そうだ。それで？　一体、どのように？」

「それは……」

僕は、僕の計画を語った。

それは、僕がここ百年かけて構想した計画だった。

《無垢なる闇》の手から、本当の意味でこの世界を守る方法を。

永遠に《無垢なる闇》の干渉を、防ぐ方法を。

それは――

「……成る程。この世界を次元樹から切り離し、幻夢界へと隔離する……と。それが成れば確かに、《無垢なる闇》とて手出しできなくなりますな」

「そうだ。本当は……僕に《無垢なる闇》を打倒できるだけの力があれば、それで良かったんだけど……」

僕は、傍らの偃月刀を鞘から抜き払い、その奇妙な文字が刻まれた刀身を見つめる。

「ふむ……それは旧神――《神を斬獲せし者》が振るったとされる、神殺しの武器ですな」

この世界には、無色の暴威たる外宇宙の神々が多く存在するが。

それでも、人に寄り添うとされる善き神もまた存在する。

その一柱が――旧神《神を斬獲せし者》。

《無垢なる闇》の敵対者たる《戦天使》が忠誠を誓い、仕える主神である。

「彼の者は、我々の中においても正体不明の謎の神性。

一説によれば、旧神（エルダー・ゴッド）とは、唯一無二の固有存在を言い表すのではなく、その偃月刀の主となった者が、代々逆説的にそう呼ばれる存在になる……とも」

「だとしたら、僕は選ばれなかった。僕はこの刃の力を引き出しきれない。神にもなれない。僕にとってこの刃は、ただ化け物相手に強いだけの武器に過ぎない。

僕が《神を斬獲せし者》になれないならば……次善策を打つしかない」

「確かに。ですが、貴方の考えなさるそれは、世界の律法（ルール）と理（ことわり）をねじ曲げる禁忌であり、罪業（ざいごう）でもある。……生半可なことではありませぬぞ？」

「……それゆえの、禁忌教典（アカシックレコード）さ」

そんな僕の提案に。

パウエルは、小首を傾（かし）げ、僕の傍らに控えるレ＝ファリアに目を向ける。

「そちらのお嬢さん……新しき神《空の天使》殿も、同じ意向なのですかな？」

「は、はいっ！」

すると、レ＝ファリアが何かを思い詰めたように、首肯する。

「もう、ティトゥス様の心は限界なんです！　来る日も、来る日も、悪夢と恐怖に怯（おび）えて……それでも、皆をなんとか守ろうと、この世界を守ろうと腐心して……ッ！

でも、ラ＝ティリカ姉様には、それがわからないんです！

あの人は、根本的にこの世界や人間に興味がないから、それを全てをかけて守ろうとするティトゥス様の心や優しさが理解できないんですッ！

私にティトゥス様を任せて、姉様はこの世界のあっちこっちを一人ブラブラしてばかり
……ッ！　ティトゥス様が本当に辛い時、傍にいてくれない……ッ！

でも、私は……私だけは……ティトゥス様の味方です！　だって、私は彼に与えるために存在するのですから！

最後に一瞬、レ＝ファリアは何かを言い淀んで、哀しげに目を伏せ、懇願する。

「だから、どうか、パウエル様……ッ！　ティトゥス様の負担──……」

そんなレ＝ファリアの訴えを前に、パウエルはしばらくの間、沈黙を保ち。

「……わかりました」

やがて厳かに頷くのであった。

「そのまさしく神に弓引くような企ても、あるいは《門の神》の系譜──《空の天使》殿の力があれば、可能やもしれません。

そして、なにより、我が主神にして宿敵たる《無垢なる闇》への反逆が、まさに私の心

を躍らせるのもまた事実。

良いでしょう、互いに手を取りましょう。

私は私で、引き続き、〝私〟を滅ぼしうる〝眼〟の研究を続けますが……それ以外の部分では、大いに貴方がたの力となりましょう」

「……パウエル神父殿」

「さぁ……忙しくなりますぞ……」


――――。


「……ナムルス」

迫り来る外宇宙の奇怪な異形達との戦いの最中、刹那、垣間見たその記憶に。

グレンが、ちらりと肩に乗るナムルスを流し見ると。

『……なんでもないわ。……なんでもないの』

ナムルスは顔を逸らし、遠くを見ていた。

グレンの位置からはナムルスの顔は見えず……いかなる表情が浮かんでいたかは、わからなかった。

――。

それからの僕は――走った。

ひたすらに走り続けた。

まず、《門の神》との交信に必要な、メルガリウスの天空城を創った。

そのモデルは、以前の世界で僕が好きだった、故郷のアニメ映画作品からだ。

それから、周辺諸国を攻め滅ぼし、大量の実験体を確保し、魔術の実験と研究に必要な生贄(いけにえ)を集め続けた。

せっかくここまで発展させた世界を台無しにしてしまう行為に、かつて僕に感謝し、慕ってくれた民達から罵倒されることは辛かったけど……でも、仕方なかった。

この安寧と平和は、しょせん泡沫(うたかた)。

真なる安寧と平和のために、どうしても必要な犠牲だった。

夥(おびただ)しい数の民を犠牲にして、犠牲にして、犠牲にして、僕はひた走り続けた。

そんな最中、その決別は――起こるべくして起こった。

――――。

「ちょっと、ティトゥス！　これは一体、どういうこと!?　私が少し目を離している間に、この世界をこんなに滅茶苦茶にして……一体、何を考えているの!?」

「ふざけないでッ！　私は……ッ！　貴方にこんなことをさせるために、力を与えたんじゃないッ！」

「レ＝ファリアも！　貴女がついていながら、なんでこんなことに!?　なんのために、私が気を利かせて、貴女達から距離を置いていたと思っているのよ!?」

「ねぇ、説明して!?　ちゃんと説明しなさいよッ！　私、わからない！　貴方達の考えていることが何一つ……ッ！」

「お願いだから……お願いだから、私達で、せっかく一から作り上げたこの世界を壊すのは止めて……ッ！　もうやめてよぉッ！

せっかく……ちょっと……好きになって……きたのに……ッ！」

「……お別れね。もう付き合ってられない。今の貴方は、前の世界の心底馬鹿な人間達とまったく同じだわ。……地獄へ墜ちろ、この外道」


――――。


気の遠くなるほど長い時間を共に過ごした大切な家族との、辛い決別もあったが。

でも、それは仕方ないんだ。仕方ないことなんだ。

それでも、僕は突き進み続けた。

全てを守るために、全てを壊しながら。

その矛盾に気付かぬほど盲目なまま、あるいは狂気のまま、突き進み続けた。


――――。

「なるほど……この被検体は凄いぞ！　ローザリア国の王女アルテナ……貴女も、かつてのアルテナ＝ウェイトリーと同じ神孕みの異能者だよ！　名前が一致しているのは最早、奇跡の運命といっていい！　アルテナ……貴女は僕達のために生まれてきたんだ！」

「そうですね、ティトゥス様！　これで万が一の時の保険……【マグダリアの受胎儀式】も完成しますね！」

「ああ。たとえ、何らかの要因で僕達が分かたれても……このアルテナの系譜に、何度も何度も君を産み直しさせれば、その肉の形と魂は、君に少しずつ近づき……いつか、必ず君は再びレ＝ファリアとして復活できる……再生される！」

「よかった……近頃、空とかいう不穏分子が、私達に楯突いて暴れ回っているから、少し不安だったけど……これで、万が一のことがあっても、安心……私達……ずっと、ずっと、一緒ですね！」

「ああ、本当に良かったね！　貴女も……本当にありがとう、アルテナ。

生　ま　れ　て　き　て　く　れ　て　あ　り　が　と　う」

そんな上機嫌な僕とレ＝ファリアの前には……■■■が■■■■■■■に■■■■■■■■■■■■■な少女の姿があった。

実験と改造の果てに為し遂げた、実に美しい、機能的で芸術的な姿だ。

「お願いシます、助ケテください、もう殺してクダサイ、痛いんデス、苦しいんです、死にタイ、私の手足を返しテ、内臓ヲ返シて。お姉チャン、ワタしを助ケテ助けて助けてタスケテタスケテたうせkてたすgてたずえうtなえt、mjがkっyめk……ァl」

――。

僕は突き進み続けた。

もう何が正しくて、何が間違っているのか。

それすらわからなくなりながらも、ひた走り続けた。

この世界を救うために。この世界を救うために。この世界を救うために。

そして、この僕の目的の崇高さも理解できない、愚かな正義気取りの魔術師――空（セリカ）が、蒙昧（もうまい）にもこの僕に戦いを仕掛けてきて。

一度は圧倒的な力と格の差を見せつけて退け、空（セリカ）を異次元へと追放したが――……

――。

「決めてください、先生っ！」

「ぁああああああああああああ――ッ！　よし、行けぇ、セリカぁああああああああああああああああああ――ッ！」

「な――……」

「……嘘……」

「はぁああああああああああああああああああああああああ――ッ！」

「ば、バカな……嘘……だ……ッ！　この僕が……この僕がぁあああああ――ッ!?」

「うるさい、とっとと逝け……ッ！　負け犬野郎ッ！」

――――。

残念ながら、僕の悲願達成まで、あともう一歩というところで。

なぜかこの時代に帰還してきた空と、その弟子を名乗る男と、なぜか《風王翠将》にそっくりな少女の手によって、阻まれ、肉体を滅ぼされてしまった。

レ＝ファリアとも離れ離れになってしまった。

だけど、そんなことで僕の足は止まらない。くじけない。

万が一に備え、予め（あらかじ）《継魂法》の最初の転生先に設定していた後の時代で、僕は転生復活を果たし、待っていたパウエルと合流する。

そして、《天の智慧（ちえ）研究会》を創設し、【聖杯の儀式】の生贄たるメルガリウスの民の末裔（まつえい）を集めて、アルザーノ帝国をも創った。

さらに、同じく万が一に備えて用意していた〝アルテナを再生するための一度きりの専用術〟を《復活の神殿》にて執り行い、アルザーノ帝国王室へと迎え入れた。

そして、長い長い歴史の中で、アルザーノ帝国を育て続けた。

《継魂法》を繰り返して、アルテナの子孫達と代々交わり続けながら、我が愛（いと）しき天使……レ＝ファリアを再生し続けてきた。

当初は、レ＝ファリアとは似ても似つかなかったアルテナの系譜達の容姿も、世代を重ねるごとに、レ＝ファリアの容姿へと徐々に近づいていく。その魂と権能も再生していく。

途中で、この王家と帝国民の血筋を、隣国のレザリア王国へと株分けし、様々な事態に対応できるよう保険を何重にもかけながら、適度に間引きをして、帝国という聖杯の祭壇に生贄を積み上げ続ける——……

――――。

「ねぇ、レドルフ＝フィーベル。貴方は、本当にそれでいいのかい？　貴方の命はもう残り僅かだ。後、一歩というところで、憧れの天空城へ至れず……このまま、老いと病によって朽ち果てていく。

もうすぐ貴方の人生の全てが水泡に帰す。何一つ意味あるものを残せずに。

貴方は孫娘に全てを託すと仰(おっしゃ)ったが……本当にそれでいいのかい？　満足かい？」

「……ぅ……ぁ……や、やめろ、やめてくれ……わ、わしは……わしはぁ……ッ！　ごほっ、げほっ！　ぐ、ぅ……」

「……迷うことはない。恐れることもない。僕の手を取るんだ。

貴方が〝僕〟になるんだ。

それで……きっと、貴方は望む全てを手に入れ、貴方の全てが報われる――……」

――――。

僕は――走った。さらにひた走り続けた。

今さら立ち止まることはできない。引き返すこともできない。全てが無駄で無意味になるから。

幸い、星辰が示す刻限までには、まだ余裕がある。

まだまだ、この世界に《無垢なる闇》が干渉してくるのは、遠い未来の話。

間に合う。

充分に……間に合うはず。この世界を守りきることはできるはず。

僕は《大導師》として、駆け抜けて、駆け抜けて、そして――

――――。

「あっ。もうそれはいいからさ」

ドシュ！　肉を穿つ鈍い音。

「……え……？」

「だって、勝負はもう見えてるじゃないか。何、１００％グレンが勝つ。……〝読んでいる〟よ」

僕が全てをかけて、全てを燃やし尽くして、ただひたすらに、直向(ひたむ)きに駆け抜け続けたあまりにも長き果てなき道の果てに。

後、もう少し。もう少しというところで。

僕は——あの狂える《正義》に、貫かれたのだ。

皮肉なことに、神(あく)を殺すための刃が、僕(あく)を完膚なきまでに殺したのである。

もう、どうしようもない。

僕はもう、滅ぶしかない。

その瞬間、僕が長きに亘(わた)ってやってきたことの全てが水泡に帰して。

そして、僕は——……

「……ぁ、……ぁ、……ぁ……ぁぁ……ぁあ、……ぁあああ、うぁあああ——ッ!?」

──────。

ぱっきぃいいいん！

がっしゃぁああああああああああああああんっ！

何かが割れ砕ける、崩れ落ちるような音と共に。

世界が暗転する。

誰かの、長きに亘る夢が醒める。

とてつもなく、長かった悪い夢が……今、終わる。

……静寂。

……気付けば。

「はぁ……ッ！　はぁ……ッ！　ぜぇ、ぜぇ……手間取らせやがって……ッ！」

グレン達は──死闘の末、ありとあらゆる悪夢を突破して。

メルガリウスの天空城、その外縁部へと降り立っていた。

グレンとシスティーナには見覚えがある場所だ。

傍らには、聳え立つ《叡智の門》……奇しくもそこは、数千年前の世界でグレンとセリカが魔王との最後の戦いに挑んだ空中庭園であった。

びゅう、びゅう、と。荒々しい風が吹き荒んでいる。

だが、まるで憑き物でも墜ちたかのように、空を覆っていた闇と混沌は晴れ——周囲の視界は清々しいほど開けている。

振り返れば、どこまでも遠く無限の空が見渡す限りに広がっていて。

仰ぎ見れば、奇妙な造形の巨大な城が、目と鼻の先にある。

「どうやら……打ち止めみてえだな」

グレンが、辺りを荒ぶる風に外套をはためかせながら、今まで自分が落下してきた空を見上げる。

『そうね……彼を、彼たらしめていた根源的恐怖は……全て浄化されたみたいね』

グレンの肩に腰掛けるナムルスも、ぼそりと呟く。

「ふう……怖かった……もう二度とごめんだわ、ああいうの」

システィーナが真っ青になって身体を震わせていると。

「……グレン」

リィエルがどこか硬い警戒の声を上げて、とある方へ向かって大剣を構えている。

その先には――人がうつ伏せになって倒れていた。

その人物が纏う民族衣装的なローブには見覚えがある。ありすぎる。

その人物は――……

「……《大導師》……魔王……ッ！」

全ての諸悪の根源を前に、グレンが眼を鋭く細める。

「姿を消したと思ったら、こんなところにいたんですね……」

「しぶてえ野郎だ」

ルミアとグレンが身構える。

「……ぁ……ぅ……」

だが、その当の《大導師》は、グレン達にまるで気付いていないかのように、何事かをか細い声でぶつぶつ呟きながら、聳え立つ城へ向かってゆっくりと這っていた。

ずっ……ずっ……

ゆっくりと……本当にカタツムリのような速度で、ゆっくりと。

「お前ら、下がってろ。……ケリつけてくる」

グレンが拳銃を取り、その《大導師》の下へ慎重に歩いて行く。

《大導師》は、接近するグレンに対して、何の反応も示さない。

恐らく、何も見えていない。聞こえてすらいない。

……もう、《大導師》の精神は、完全に崩壊してしまっているようだ。

ただ、最後に残されたか細い糸を手繰るように、縋るように、城へと向かって這っていくだけだった。

そして、接近することで、グレンの耳に《大導師》の呟きが聞こえてくる。


「……ぅ、……ぁ……守……ル……、コノ……セカイ……守……」


〝守る〟。

《大導師》は、それをうわごとのように繰り返していた。

恐らく自分自身、もうその言葉の意味が理解できなくなっているだろうに。

それでも……ただ、その言葉を繰り返して、彼の夢であった天空城へ向かって、這っていく。

その〝守る〟が、たとえ、歪な形で、許され難き悪徳で、誰からも賞賛されるべきものではなかろうとも。

その〝行為〟は赦されず、厳然と断罪すべきものであろうとも。

その〝思い〟だけは……決して貶められるべきものではないのではなかろうか。

「…………」

グレンは、そんなどこか哀れな《大導師》の姿を、しばらくの間、じっと見つめる。

この男の身勝手な偽善で、散々世界が弄ばれ、一体どれほどの人間が苦しんだか。

さらには、この男のせいで、グレンの最愛の家族であるセリカが筆舌に尽くし難いほどの葛藤を抱えて苦悩し、あげくの果てには、過去から帰って来られなくなって。

本来なら百度殺しても、地獄の底へ叩き落としても、足りないはずの男なのに。

この時――グレンはなぜか、憎しみも殺意も、思っていたほど湧いてこなかった。

当然、赦す気も、哀れむ気も、理解してやる気も、さらさらないが――……

『……グレン。もう……終わらせてあげて』

ぼそり、と。

ナムルスの、どこか切羽詰まったような涙声が、グレンの耳に滑り込んでくる。

しばらくの沈黙の後。

「……《0の専心》」

グレンは呪文を唱え……拳銃の撃鉄を起こし、片膝をつく。
そして、未だ胡乱な意識で譫言を繰り返す《大導師》の後頭部へ、その銃口をそっと押し当てる。
大導師は、何も反応しない。
譫言を繰り返しながら、それでも這い進み続ける。
『……さようなら、高須九郎。かつて、私が愛した主様』
くるりと背を向ける、そんなナムルスの呟きが。
その場に吹き荒ぶ風と、一発の乾いた銃声に乗って、流れていった。
――――。
ザァ――……
全ての生命活動が、完全に停止した《大導師》。
最早、この世界の理から完全に外れた存在になっていたせいか、その身体は光の粒子と砕けて、風に吹き流されていく。

くるくると舞いながら、《大導師》だったものは、遙か空に舞い上がり消えていく。

その存在が、この世界から消えていく……

「……お爺様……」

ぼそり、と。たなびく髪を押さえ、空を見上げて見送るシスティーナのそんな呟きが、風にかき消されていく。

システィーナもわかっている。愛する祖父はとっくの昔に死んでいて、かの《大導師》は本質的に、祖父とはまったく違う存在であることは。

だが、それでも、彼が祖父の記憶と肉体を受け継ぐ者であることに変わりはない。

離別の哀愁は……拭いきれるものではなかった。

「……システィ……」

「…………」

そんなシスティーナの背を、ルミアとリィエルが心配そうに見つめている。

一方、そんな教え子達から、少し離れた場所で。

「……ふん。魔王のクソ野郎にも色々あったんだな」

グレンは一人、ナムルスを相手に話していた。

「そうだよな。こんな大それたことをしでかそうってんだ……やつなりの〝正義〟ってもんがあったんだろうな……決して、譲れなかった〝正義〟が」

『……そうね。それは、決して許されることじゃなかったけど。到底、受け入れられるものじゃなかったけど。

彼が彼なりに、この世界の行く末を思っていたことだけは……紛れもない事実ね』

ナムルスが切なげに嘆息する。

「思い、か」

するとその時、グレンがふと表情を曇らせたことに、ナムルスが気付く。

『どうしたの？　グレン』

「いや、俺は——……」

思わず言葉に詰まってしまうグレン。

『……？』

ナムルスが小首を傾げて、グレンの言葉を待つが。

グレンは何も言わない。言えるわけがない。

今、ふと頭を過った疑問。

〝俺に、これほどの強い思いがあるのか？〟

〝そもそも──そんな思いを抱く資格があるのか？〟


だって、己を顧みてみれば、いつだってそうだ。

俺は──軍時代も、軍を辞めてからも。

ただ、自分のちっぽけなエゴを、無理矢理、通し続けてきただけだ。

そこに、これほどの強い思いなんて……きっとなかった。

もし、あったらなら、軍を辞めて逃げ出すなんてことはなかったはずなのだ。

何もかも中途半端なくせに、その場のノリと勢いと悪運だけで、今までなんとかしてきただけではないのか？

なんかやたら、皆、俺を持ち上げてくれるが、それは買い被りじゃないのか？

今、俺はセリカの意思と力を継ぎ、この世界を守る気になってはいるが……それは、本当に、俺自身の意思なのか？

「…………」

だが、今、それを言うわけにはいかない。

ナムルスの前で。システィーナ、ルミア、リィエルの前で。

様々な決意と覚悟を固めている彼女達(たち)の前で。

この世界を救うため、全てをかけた戦いで、他でもないこの自分が、今さらそんな日和(ひよ)った発言をするわけにいかない。

「……いや、なんでもねえ。時間もねえし……少し休んで先に進むぞ」

そう言って、グレンが話題を打ち切って。

システィーナ達の下へ戻ろうとした……その時だった。

『……来たか』

ざっ！　唐突に、グレンの背後に気配が現れる。

「……ッ⁉」

グレンが咄嗟(とっさ)に拳銃のグリップに手をかけて、その場を飛び離れ、身構える。

その現れた気配の主を、油断なく見据えた。

「……なッ⁉　お、お前は……ッ⁉」

第四章　正しき刃（やいば）

ルヴァフォース聖暦1854年ノヴァの月十五日。

今、世界でもっとも冒瀆（ぼうとく）的で悍（おぞ）ましき地獄と化した地——自由都市ミラーノにて。

この北セルフォード大陸全土の即応可能な軍が、ミラーノを包囲するように大集結していた。

不幸中の幸いというか、ミラーノは北セルフォード大陸のほぼ中心に存在する地。

大陸西側諸国を、アルザーノ帝国女王アリシア七世が、大陸東側諸国をレザリア王国司教枢機卿（すうききょう）ファイス゠カーディスが、必死に呼びかけて纏（まと）め上（あ）げることで、奇跡の速さで各国の軍をこの地へ、連携集結させることが出来たのだ。

アルザーノ帝国。

レザリア王国。

ガルツ。

セリア同盟・各都市各諸国。

タリーシン。

ハラサ。

日輪国。

アルマネス。etc…

今、このミラーノの地は、全世界の魔導兵力展覧会のような有り様で、全部で五十万を超える魔導兵達が集結し、ミラーノを包囲していた(魔導系以外の兵種は、この戦いにおいては戦力にならないので除外されている)。

無論、完璧とはほど遠い。各国とも自国を現在進行形で食い荒らす〝側根〟への防衛でかなりの戦力を割かれている。

だが――ミラーノの〝主根〟は、大地の霊脈(レイ・ライン)を通して、〝側根〟を遙か遠い世界各地へと無限に伸ばし続けるのだ。

つまり、結局〝主根〟を叩かねば、〝側根〟は無限に増え続け、じり貧になることは、二百年前の魔導大戦の時の記録からも、わかっている。

先の首脳会談で発揮したアリシア七世のカリスマ性もあるが、こんなに文化も宗教も魔術体系も異なるごちゃ混ぜの混成軍が、連携と統率を維持して一堂に会し、同じ目的のために協力して軍事行動を行うなど、向こう数百年はあり得ない奇跡だ。

壮観な光景である。

様々なカラーの軍隊が、肩を並べて広く展開する様は、人類の新たなる可能性すら感じてしまう感動的な光景である。

だが。

それ以上に。

あまりにも。

目の前のミラーノの大地に広がる、その光景は——……


「そ、想像以上ね……これは……ッ！」


ミラーノ北西の高台に帝国軍本陣を展開したイヴは、遠見の魔術でその光景を見つめながら、冷や汗をかいて呻くしかなかった。

ここから見渡す、かつて世界の芸術の最先端の地として絢爛豪華だった都市は、今や見るも無惨に壊滅状態だ。

そして、その都市のあった場所に、新たなモニュメントのように聳え立つのは——まるで雲を衝く巨人のように空に向かって直立する超巨大な《根》の怪物。

イヴ達が、フェジテで目撃したものよりもさらに何倍も大きく、太く、高く――そして、悍ましい。

あれこそが〝主根〟――今、世界中でこの世界そのものを食い荒らす《根》の本体。

あまりの大きさに遠近感が狂う。見ているだけで、心が、正気が削れていく。

とても現実の光景とは思えない、狂った暴威の光景だった。

そして、脅威はそれだけではない。

その〝主根〟を中心に、その周辺地域一帯は、それと質感が似た蠢く不定形の怪物達が埋め尽くし、生理的嫌悪感を催すような動きをしている。

数えることが無意味という意味を無限と呼ぶならば、まさにそれは無限の数だ。

大地が、丘が、草原が、地平線の果てまで、その不定形怪物で塗り潰すように埋め尽くされ、この遠くから見渡すその一帯はまるで、悍ましき肉塊を敷き詰めた絨毯のようであった。

しかも、今、目に見えている量で打ち止めというわけではなく、〝主根〟の外壁に存在する無数の気孔のような穴から、その不定形怪物が次から次へと産み落とされ、現在進行形で増殖している最中である。

あの無数の怪物達も《根》であり、正確には《根》から生える微細な〝根毛〟のような存在に過ぎない（ナムルス談）らしいが、今は細かな冒瀆的生物の生態学を論じている場合ではない。

あの〝主根〟を始末しないと、本当に世界が食い尽くされて終わる。

今はただ、それだけが事実であり、最重要事項であった。

「女王陛下の威光のお陰で、世界各国が連携協力して立ち向かうなんて、あり得ない奇跡は成った……でも、これは……これはあまりにも……ッ！」

地理上の数値では、〝主根〟と帝国軍本陣との距離はまだ相当に開いているのに。

それでも、イヴはその〝主根〟全体を見るのに、首が痛くなるほどの角度で見上げなければならないのだ。

（これが《邪神兵》の真の姿……こいつの前には、最強の幻想種たる竜すら羽虫だわ。

私達が、フェジテで対峙した〝側根〟とは、規模も格も違いすぎる……もう、人間が立ち向かっていい相手じゃない。

なんとかなるの？　本当に……私達でどうにかできるの……？）

イヴが、額から冷や汗をたらたら流しながら、ただ呆然とその悪夢のような光景を見つめていると。

「ねえ、イヴ＝イグナイト。何を今さらビビってるわけ？」

そんな冷たい言葉が、横殴りに浴びせかけられる。

イヴの隣に佇むその声の主は――イリア＝イルージュ。帝国宮廷魔導士団特務分室執行官の空席ナンバー18《月》に、臨時再登用された少女だ。

「あー？　ひょっとして、〝愛しのグレン様が傍にいないと、私、駄目ぇ～〟みたいな感じ？　はぁ～、これだから、その歳まで処女こじらせた乙女脳は」

「なっ⁉　だ、誰が誰の愛しの、よ⁉」

小馬鹿にしたように肩を竦めて皮肉るイリアに、イヴが食ってかかる。

「……先の戦いで、ことあるごとに名前呟いてたくせに、今さら何言ってんだか」

「はぁ⁉　な、何のこと⁉　わ、わ、私、そんなこと一度も――……」

「……わっかりやすいリアクション。カマかけただけなのに。

まぁ、そんなことよりも、ほら。陣頭指揮執りなさいよ、総司令官」

「くっ……この、可愛くない……ッ！　こんな状況じゃなかったら、クビどころか、豚箱にぶち込んでやるのに……ッ！」

ぐぎぎ、と。イヴはスカした態度のイリアを睨む。

立ち場だけ言えば、イリアは指名手配中の国家反逆者である。

だが、この未曽有の戦力・人材不足の中、イリアのように優秀な魔術師を腐らせておく

手はない。

それゆえに、今はイヴの監視下、特別恩赦という形でのこの人事である。

実際、イリアは長年、正体を隠してアゼルの副官を務めていただけあって、副官としての能力が卓越しており、ここまで残存帝国軍をスムーズにこの地へ運べたのは、もちろんイヴの手腕も大きいが、それを陰で補佐したイリアの働きがあってこそなのは、紛れもない事実だった。

……なのだが。

「貴女(あなた)って、何か私にだけ、やたら当たりが強くない⁉　元・敵同士ってことをさっ引いても！」

「……気のせいでしょ」

ぷいっと、そっぽを向くイリア。

イリアのイヴに対する当たりの強さは、彼女がイヴの腹違いの姉であることに起因するが……その事実を、まだイヴは知らない。

「ああ、もうっ！　イリア、貴女、後で覚えてなさいよッ⁉

各部隊へ通達！　一二〇〇(ひとふたまるまる)より、早速、予定通りの軍事作戦行動を展開するわ！　各部隊、進撃準備開始ッ！」

「「「了解ッ！」」」

「そして──両翼に展開する、ガルツ軍とセリア同盟諸国連合へ逐電！　手はず通り、各国担当戦域へ、一斉に圧をかけると！　以上！」

イヴの指令を受けて、周囲の帝国軍将校達(たち)が慌ただしく動き始める。

そして、報告と伝達の応酬の中、次々とイヴが指示を細かく飛ばしていく。

「……さて」

指示が一段落ついた頃、イヴがふと空を見上げる。

そこには、時空が歪(ゆが)んだせいで、世界中のどこからでも仰げるようになった、雄大なる偉容──メルガリウスの天空城の姿があった。

（ここから先は出たとこ勝負……ッ！　こっちは……こっちでなんとかするわ。

だから、貴方(あなた)もしっかりね。

どうか……無事に帰って来なさいよね。いいわね？　グレン……）

〝ほら、言ってる傍から〟……そんな顔をするイリアを余所(よそ)に。

イヴは、決戦が始まるまでの僅かな間、その空の城を見つめ続けるのであった。

────。

「お、お前は……ッ⁉」

メルガリウスの天空城、外縁部。

爆風のような猛風が吹き荒ぶその場所に聳え立つ《叡智の門》。

その下に、その人物――否、〝魔人〟は現れていた。

全身を覆う緋色のローブ。そのフードの奥に湛えられた無限の深淵。

左手に紅の魔刀。右手に漆黒の魔刀。全身から立ち上る、闇色の霊気。

まるで、闇そのものがローブを纏い、人を形作った――そう思わせる魔人。

童話『メルガリウスの魔法使い』において、もっとも謎多き存在。

「《魔煌刃将》……アール＝カーン……ッ！」

正真正銘、最後の魔将星の出現に、グレン達は即座に身構え、魔人へ対峙するのであった。

「ちっ……お前、復活してたのかよ」

数千年前、魔王との決戦前に一度会っているから少々混乱するが、グレンはこの魔人を以前の『タウムの天文神殿』の遺跡探索の果てに撃破していたことを思い出す。

（そういえば、あの時は、〝門の向こう側で待つ〟とかなんとか言ってたな……）

『…………』

対し、アール＝カーンは全身から凄まじい魔力圧を放ちつつも、無言で佇み、グレン達を見据えているようである。

その意図は、まったく読めない。

「ちっ」

グレンが舌打ちしながら前へ出る。

「ひょっとしてまだ、門番やってんのか？　お前の飼い主である魔王の野郎もくたばったってのに、まぁご苦労様なこったな。

で？　不遜にも、ショートカットで門を飛び越えた俺達をどうするつもりだ？」

『……貴様か』

だが、アール＝カーンはグレンの問いに答えず、そう短く反応した。

『……奇妙なことだ。星辰の時巡ることここに至り、この我の前に立ちし者が……空でもティトゥスでもなく……貴様だとはな。

しかし、一体、どういうことだ？　つい半年ほど前、封じられし《叡智の門》の前で対峙した時とは、比べ物にならないほどの位階に到達している。

馬鹿な、としか言い様がない。貴様のその力は、存在は、まるで我の——……」

そんな意味不明なことをぼやいて沈黙するアール＝カーンへ。

グレンは、苛立ったように言い放った。

「おいおい、お前……よっぽど俺のこと、アウトオブガンチューだったらしいな？　数千年前も、俺とお前は会っているはずなんだがな？」

『数千年前？　馬鹿な、双生児の加護受けし永遠者か、あるいは《時の最果て》にて過ごすか……いずれにせよ、ただの人の身で、斯様に膨大なる時の流れの中で、己が存在を保てるはずもなし……いや……』

アール＝カーンが、グレンとその肩のナムルスを見て、再び押し黙る。

やがて、何かを悟ったかのように。

『……成る程。まこと奇妙なる時の因果があったようだ。数千年前のあの時の空の弟子とやらが……まさか、貴様だったとはな』

「理解が早くて助かるわ。これに関しちゃ、説明がマジで面倒だからな」

『そうか。この大いなる時の特異点にて、我の前に立つ者が空でも魔王でもなく、貴様……これが運命の選択か。あるいはなるべくしてなった必然か……』

「なぁ、おい。そろそろ話、進めようぜ。こちとら暇じゃねえんだ」

すると、グレンがそんなアール＝カーンへ鋭く問う。

「お前……そこの門を守る門番だって言ったよな？」

グレンが、アール＝カーンの傍らに聳え立つ《叡智の門》を顎でしゃくる。

「まぁ……今回、俺達はズルして《叡智の門》を通らずに、ここにやってきたわけだが……俺が聞きたいのは、門番のお前がこのまま俺達を素直に通すのかってことだ」

『…………』

「半年ほど前の遺跡探索では、お前は俺達を阻んだ。資格がどうのこうのと言ってな。かといえば、数千年前の古代文明の世界では、お前は俺達を素通りさせた。やっぱり意味不明な理由で、だ」

『…………』

「今回はどっちだ？　素直に通してくれんのか？　それとも阻むのか？　どうしても通さねえってんなら……力尽くで通るぞ。こっちだって、世界背負ってんだ」

身構えるグレン。

左手に《世界石》を喚び、右手を銃のグリップにかけ、完全に臨戦状態だ。

グレンの戦意に触発され、システィーナ、ルミア、リィエルの間にも緊張が走る。

場に、一触即発の鋭い空気が満たされていく。

対し、アール＝カーンは微動だにしない。その深淵を湛えたフードの奥から、グレン達の様子を静かに窺（うかが）い続けるだけだ。

（やっぱ、戦いは避けられねえか……？）

グレンがそう覚悟を固めた……その時だった。

『我は……我が仕えるに相応（ふさわ）しき主を探している』

アール＝カーンが、突然、奇妙なことを宣言し始めた。

『そのために、我は《夜天の乙女》と取引し、十三の命を、〝人のカタチ〟を手に入れた……我を振るうべき主を見極めるために、な』

「何、言ってんだ？　お前……？　いや、以前も似たようなこと言ってたが……」

グレンが説明を求めるように、ナムルスを見やる。

だが、そのナムルスも頭を振っていた。

『……わからないわ。《夜天の乙女》とは、古代の超魔法文明における、私の妹……《空の天使》レ＝ファリアのことだけど。

どうやら、まだ私が与（あずか）り知らぬ事実があるみたいね、この魔将星には』

「おいおい、ことここに至って、まだ謎があんのかぁ？　さすがに、そろそろ腹一杯なんだが？」

　そんな呆(あき)れたようなグレンを余所に、アール＝カーンは続ける。

『我の存在理由は、元よりただ一つだった。我は、ある目的のために、ある者の手によって生み出された。その存在を定義された。

　ゆえにその定義に従い、我はその目的を果たすため、我を振るう者を探している』

「目的？　存在の定義？　そも、お前を振るうってなんだ？　お前、まるで自分自身が何かの道具のような物言いだな？」

『曲がりなりにも、我を振るうに値する力を持つと判断できたのは、三人。

　一人は──高須九郎。

　一人は──空(セリカ)。

　最後の一人は、つい先刻、候補に入った者──ジャティス＝ロウファン』

「……なっ⁉　ジャティス⁉」

　唐突に登場したジャティスの名前に、グレンはぎょっとするしかない。

『だが、高須九郎と空(セリカ)には力こそあれど、意思がない。

　連中は……元々、敗北者だったからだ。

　意思なき者に、我は振るえぬ。我の真なる力は発揮できぬ。いずれその資格を得ることを期待していたのだが……』

「……ッ！」

『そして、ジャティス＝ロウファン。彼奴には、力も意思もある。現状、彼奴が我を振るうに、もっとも相応しい器だということだ』

「……ちょっと待て。どういうことだ？　力ってのは、要するに魔術師としての能力とか位階とかそういうことだろうけどよ……意思ってなんだ？

この世界を、手前勝手な理由で滅ぼそうとしてるあのクソ外道野郎の何が、お前に相応しいってんだよ⁉」

『それは、我を創出した者によって、こう定義されている。

〝己が正義を持って、理不尽に抗う意思〟……つまり、〝正義の魔法使い〟たらんとする意思だ』

「は？　なぁ……ッ⁉」

いきなり飛び出たその単語に、まるで殴られたような衝撃がグレンを襲った。

「〝正義の魔法使い〟だと⁉　ちょっと待てや⁉　なんでだ⁉　なんで、今、このタイミングでその言葉が、てめぇの口から出てくるんだよ⁉

それは、ロラン＝エルトリアが作った、童話の作中造語だろうがッ！　なんで、お前がそんな言葉知ってんだよ⁉」

「そ、そもそも納得いかないわ！　なんで、ジャティスなんていう狂人が、〝正義の魔法使い〟に相応しいとかなるわけ⁉　貴方（あなた）、どうかしてるわ！」

グレンとシスティーナが、口々にアール＝カーンを責め立てるが、当のアール＝カーンは、まるで意に介さない。

『ゆえに。我は、我の存在理由に従い……ジャティス＝ロウファンを我が主とする。それがこの次元樹の運命選択。そう考えていた。……先ほどまではな』

「……？　先ほどまでは？」

『イレギュラーな事態が起きたのだ。

四人目。そう、貴様だ……グレン＝レーダス。空（セリカ）の後継者よ』

「……は？　俺……？」

グレンが、ぽかんと口を開ける。

『そうだ。空（セリカ）の後を継ぎ、時天の神秘へ至った貴様にも我の主となる資格が発生した。

だが、足りぬ。貴様は我を振るうに、到底足らぬ。

魔術師としては、高須九郎にも、空（セリカ）にも、ジャティスにも、遥（はる）かに劣る。

だが、しかし、貴様は……貴様という存在は——妙だ……いや、まさか、そんな……本当にこんなことが、あるというのか？　あっていいのか……？』

　そんな風に、やっぱり意味不明なことを一方的に告げて、勝手に自問自答して、しばらくの間、押し黙って。

　やがて。

『やはり、見極めてみるべきだろう。ジャティス＝ロウファンか。あるいは、グレン＝レーダスか』

　アール＝カーンが、くるりと踵を返す。

　天空城の方へと向かっていく。

『来るがいい。貴様を、我の〝本体〟の下へと案内しよう──』

　そのまま、アール＝カーンは一切、振り返ることなく歩いて行く。

「い、一体、なんなんだよ、あいつ？　〝本体〟だぁ？」

「でも……まぁ、とりあえずは戦いを避けられそうで、よかったですね」

「……ん」

　そう頷き合って。

　グレン達は、アール＝カーンの後についていくのであった。

——。


天空城の崩壊は、徐々にだが進行していく。

その最中、グレン達は外縁部から城壁門を抜けて、誰もいない城下町へ。

桟橋を通り、凱旋門を抜け……グレン達は、アール＝カーンが案内するまま、城下町内を歩いて行く。

本当に不思議な光景だった。

石で舗装された道路、台形を基本とした奇妙な建築物。ドーム屋根の尖塔。石柱が並ぶ神殿。要所に立ち並ぶは石柱碑。空中に浮遊する謎の六面体。

聳え立つ黒いモノリスやら謎の結晶体構造物やら、用途不明な建物もたくさんある。

それらが所々苔むし、表面に蔦が這っていて、月日の経過を感じさせた。

「す、凄い……これが天空城！」

その古代遺跡然とした美しい町並みに、こんな状況といえどシスティーナは興奮を抑えきれないようだ。

「それに……ここって、間違いなく手付かずですよね？　さ、探せば、あの伝説の魔王遺物とか、いくらでもゴロゴロ出てくるんじゃ……ッ⁉　じゅるっ！」

「おいおい、白猫……俺達は遺跡発掘に来てるんじゃねーぞ？」

「わ、わかってますってば！　でも……ああ、お爺様と一緒に、この天空城を探索したかったな……」

「まったく、ブレねえなぁ、お前は」

嘆息しながら、グレンは先を行くアール＝カーンへと言葉を投げる。

「おい。ところで、俺達をどこに連れて行く気なんだ？」

『もうすぐだ。貴様達は、ここが魔術的にどういう場所か知っているか？』

「そりゃまぁ……大体は。《門の神》だっけ？　そいつと交信して禁忌教典を得るための魔術儀式施設……だろ？」

『そうだ。より正確には、大がかりな魔術研究所だ。

高須九郎は、とにかく《無垢なる闇》に対抗する手段を欲していた。そのための魔術研究・研鑽のために作り上げられたのが……このメルガリウスの天空城』

「…………」

『人の集合的無意識野──夢の深層域に存在する、非実在性領域《幻夢界》。

……《嘆きの塔》を、ただひたすらに下へ下へと下り、門を越えることで、ようやく至れるその領界にこの城は創られた……彼の者の夢によってな』

「なるほど。普通は眠った時に精神だけしか至れない領域に、覚醒状態で肉体ごと到達する方法を編み出したのか。それがあの《嘆きの塔》ってわけだ。

そして、それが人類の集合的無意識野に創られた城……要は、全員が一緒に見ている同じ夢だから、この世界の人間は、フェジテの空に、どうやっても物理的に干渉できない幻の城の姿を見ている……と。

なんかもう……神秘のレベルが天元突破し過ぎて思考放棄したくなるな」

そんな風に呆れるグレンへ、アール＝カーンが続ける。

『結局、高須九郎は、禁忌教典(アカシックレコード)を掴(つか)むため、【聖杯の儀式】を用いて、《門の神》と交信する道を選んだが……当然、それだけではなかった。

奴(やつ)は奴なりに、色々な手段を考案してはいたのだ。……《無垢なる闇》へ対抗するためにな』

「…………」

『それが……これだ』

そう言って。

アール＝カーンに案内された、先は——

「……霊廟(れいびょう)？」

巨大な城下町の一角に築かれた、厳かな雰囲気の霊廟だった。

そこは、無限に広がる広大な空間で、無数の石像が立ち並んでいる。

その石像の一つ一つのイメージが、全てバラバラだ。

「なんだこりゃ？」

『……旧神《神を斬獲せし者》だ』

アール＝カーンがそう応える。

「……なんだって？《神を斬獲せし者》……？」

『より正確には……高須九郎が夢に見たレプリカだがな。

旧神《神を斬獲せし者》とは、とある刀剣を手に、強固なる意志をもって、《無垢なる闇》と戦い続けた者だ。

高須九郎は、この私を触媒に、《神を斬獲せし者》の夢を見ることによって、かの神性を、この世界に再現召喚しようともしていたのだ。結果はお察しの通りだがな』

無限に並ぶ、石像。

やはり、夢で神を創出するという、その着想に無理があったらしい。

何万回繰り返そうが、できあがったのは、形だけの空っぽの偶像だけだったらしい。

「……でも、よくできているわね、これ……本当に生きてるみたい」

「うん」

システィーナとルミアが、物珍しそうに周囲をキョロキョロ見ている。

その場所には、実に様々な姿の神像が並んでいた。

それは、美貌の青年であったり、屈強な男であったり、年端もいかない少年であったり、知性溢れる老人であったり、可愛らしい少女であったり、鬼神のごとき恐ろしげな荒武者であったり、四本の腕と四つの顔を持つ異形であったり、はたまた人間の姿とはかけ離れた、恐ろしい姿の怪物であったり……

共通しているのは、その誰もが、曲刀のような剣を何らかの形で持っている、ということだけだった。

（全部、同じ神性をイメージしたものとは思えないわね……まぁ、人や宗派によって神や天使の姿の解釈が変わるのは、普通のことなんだけど）

システィーナがそんな感想を持ちながら、周囲を見渡していた、その時だ。

ふと、気付いた。

今、自分が手をついて、寄りかかっている石像をちらりと見上げる。

「ん？　あれ……？」

その石像が。その背格好が。

自分の知ってる誰かに、似ているような気がしたのだ。

「……？」

だが、距離が近すぎて、角度が悪すぎて、その石像の全容がよくわからない。

システィーナが改めてその石像をよく観察しようと、角度を変えながら、その石像から離れようとして。

ゴォオオオオン――……

突然、とてつもなく大きな鐘の音が辺りに響き渡った。

その不穏な音に、その石像に対するシスティーナの興味は一瞬で失せた。

ゴォオオオオン――……ゴォオオオオン――……ゴォオオオオン――……

「な、なんだこりゃ⁉」

グレンが、何事かと警戒しながら、辺りを見回していると。

『時が来たのだ』

アール＝カーンが厳かに言った。

『【聖杯の儀式】が始まる。それによって、地上の《根》の動きが爆発的に加速し……世界を喰らい尽くしていくだろう』

「おいおい、やべえじぇねえか!?　早く本題に入ってくれ！　一体、お前は俺達に何をさせてーんだ!?」

グレンがそう叫ぶと。

『もうすでに目的は終わった』

アール＝カーンが、とある方向を指差した。

その先には、奇妙な石の台座があった。

『あれが……我の〝本体〟だ』

「……えっ!?」

その台座に、一振りの剣が刺さっている。

それは……真っ黒な偃月刀であった。

刀身に、何らかの文字が刻んである。

「なんだ？　あの剣」

『……《正しき刃》。最後の戦いに持っていくがいい。後は運命の因果が、貴様か、あるいは、ジャティス＝ロウファンか……どちらかを導くだろう。

在るべき形に、在るべき未来に』

そう言い残して。

『……《夜天の乙女》との契約は、今、ここに完了した。……さらばだ』

アール＝カーンは。

その姿は、そのまま……虚空へ溶けるように消えていってしまうのであった。

まるで、その存在が夢か幻であったかのように。

「……本当に、一体、あいつはマジでなんだったんだ……？」

『この剣に宿る誰かの意思の具現……あるいは、付喪神のような存在だったらしいわね。

私も驚いているけど』

ナムルスがそう言って、飛んで行き、後に残った刀剣に触れる。

『これ……やっぱり、魔王になる前の高須九郎が以前の世界で使っていた剣ね。一体、九郎がどこでコレを入手したのかは……聞いてなかったけど』

「ああ、そういえば……見覚えあるな」

グレンは、先刻、見せられていた悪夢の記憶を漁る。

これは、確かに高須九郎が使用していた刀剣だ。

「こ、この剣の金属って……ひょっとして神鉄(アダマンタイト)ですか……？」

システィーナが、興味津々(きょうみしんしん)とばかりに駆け寄ってくる。

「……みたいだな。ここに来て嬉(うれ)しい追加武装……と、言いたいが」

グレンが遠慮なく手を伸ばし、その偃月刀を台座から引き抜く。

特に抵抗なく、剣はするりと抜ける。

それもそのはずだ。

「す、すげえ……ッ！　びっくりするくらい、何もねえ！」

グレンは驚愕(きょうがく)に震えた。

「何か凄(すさ)まじい魔術が込められているとか、超絶的な奇跡のチート神秘が秘められているとか、そういうの、まったくもって、何もねえ！

何が《正しき刃(アール・カーン)》だ！　完全に名前負けじゃねーか、この野郎！

この剣、ただ、宇宙一硬くて滅びにくい剣ってだけだわ！　こんなにもったいぶって登場しておいて、ここまで何もないと逆に笑えるぜ！」

「ま、まぁ……せっかく手に入れた武器ですし……」

「そ、そうですよ……神鉄(アダマンタイト)の剣ってだけで、色々と利用価値は……ある……と、思いますよ？」

ルミアとシスティーナも曖昧に嗤うしかない。

「結局……《魔煌刃将》については、最後の最後まで、よくわからなかったな」

そうしている間にも。

ゴォオオオオン――……ゴォオオオオン――……ゴォオオオオン――……

どこかから、高い場所から鐘の音は鳴り響いている。

まるで〝僕はここにいる、早く来るんだ〟……誰かがそう言っているかのように。

「……グレン、多分、あっち。勘だけど」

リィエルがいつもの通りの無表情な半眼で、とある方向を指さす。

その無表情も、どこか少し硬い。本能的に悟っているのだろう。決戦が近いことを。

「……行くぞ」

グレンはそう言って。

三人娘達を先導し、歩き始めるのであった。


――――。

グレンは、メルガリウスの天空城内を進んでいく。

巨大な城門から、中庭、桟橋を通って堀を越え、エントランスホールへ。

尖塔を抜け、礼拝堂を抜け、居住区を横断し、回廊を進み、螺旋階段を上り……

どんどんと、城内を進んでいく。

城内に存在する、幾つもの区画を進んでいく。

ゴォオオオオン——……ゴォオオオオン——……ゴォオオオオン——……

まるで、徐々に大きくなる鐘の音に導かれるように……城を上へ、上へと上っていく。

不思議なことに、城の上層部に至るにつれ、いつしか壁と天井がなくなった。

城内は、奇妙な紋様が刻まれた回廊と床、階段だけの謎空間となり、壁があるはずの向こう側には、無限の宇宙空間が広がる……そんな神秘的な風景となっていく。

グレンはそんな城内を通り抜けていくうちに、気付いた。

この天空城の構造は、生命の樹——この世界の霊視的構造略図、この世界の真なる姿——を模しているということに。

つまり、この城の内部と外部では、また霊的位相の異なる世界が作られているのだ。
それ即ち、つまり——もっとも物質界に近い下から順番に、

王国(マルクト)の間　第一霊視世界。
基礎(イェソド)の間　第二霊視世界。
栄光(ホド)の間　第三霊視世界。
勝利(ネツァク)の間　第四霊視世界。
美(ティファレト)　の間　第五霊視世界。
慈悲(ケセド)の間　第六霊視世界。
峻厳(ゲブラー)の間　第七霊視世界。
理解(ビナー)の間　第八霊視世界。
知恵(コクマー)の間　第九霊視世界。
王冠(ケテル)の間　第十霊視世界。

これらの経路を擬似的に通って、己を霊的に昇華することで流出界(アツィルト)——即ち、〝天〟へと至る。その経路は、まさに彷徨える魂の遙かなる旅路に他ならない。

王冠(ケテル)の領域こそ、王者の証……王者の法(アルス・マグナ)そのものだ。

そして、その〝天〟に頂く王冠(ケテル)に隠された至高の霊視世界、知識(ダアト)との間には、人が決して超えられぬ深淵(アビス)が存在する。

その知識(ダアト)の領域に至るための深淵(アビス)の門が、《門の神》。

そして、その至高の領域、知識(ダアト)こそが――禁忌教典(アカシックレコード)。

「なるほど……天の智慧研究会、か。こうして考えてみりゃ、なかなか洒落(しゃれ)たネーミングセンスだったな」

そんなことを漠然と口にしながら。

グレンは進んでいく。

最後の舞台を目指して、進んでいく。

そして――……


――――。

――そこは、人という存在の霊的な到達点。極み。果ての果てであった。
高位次元霊的視座――その最奥(さいおう)にて頂点。王冠(ケテル)。

いつしかグレン達は、大いなる宇宙の海の真ん中に立っていた。

美しい場所だった。神秘的な場所だった。

視界の360度全てを、星の煌めきが形作る水平線。

あまたの星々の光と輝きが、この無限の海を形成している——そんな場所。

星々が織りなす風が、さざ波が、魂に心地好い。

それがどこか懐かしいのは、この光景が全ての人の魂の原初に起因するものだからだろう。

そんな世界の中心に——一本の聳え立つ樹がある。星々の光と輝きで縁取られ、形作られた樹がある。

その樹の幹には——


「…………」


——マリア＝ルーテルがいた。

上半身は生まれたままの姿、木の幹に下半身と両手が同化した状態で、静かに目を閉じ眠りについていた。

「せ、先生……マリアが……ッ！」

「……ああ。つまり、これが祭壇ってわけか。この最後の【聖杯の儀式】のために、ここに移したってわけだな」

ふぅ、と。グレンが息を吐き、前髪を撫(な)で上げ、前を見る。

「……魔王の野郎が、そうすることも〝読んでいた〟んだろ？　なぁ？」

そんな風に、グレンが目を向ける先。

その樹の下に。

「ようこそ」

宿敵(ジャティス)が、その根元に悠然と腰かけ、グレン達を待っていたのであった──……

第五章　絶対正義

――ところで、話は変わるけど。

君達は……真の邪悪というものに出会ったことがあるかい？
掛け値なしの、純度100％の悪というものに出会ったことがあるかい？
深淵(しんえん)の底の底までどす黒い、煮詰まった、極まった邪悪、を見たことがあるかい？

――僕は、ある。

底の見えない、絶対的で絶望的な悪を。

目を閉じれば、まるで昨日のことのように思い出せる。
それは、遙か彼方(かなた)、空よりやってきた。
それで僕の世界は、常識は、終わりを告げた。

確かに、それは人の形はしていた。一見、可憐(かれん)で可愛(かわい)らしい少女だった。

だが——その姿は常に千変万化し、異形の触腕、異形の鉤爪(かぎづめ)、混沌(こんとん)に渦巻く顔のない頭部……その真実の姿を対峙(たいじ)する者へ摑(つか)ませない。

そのような邪悪が——僕の住んでいた世界を、あっさり壊したのだ。

真なる恐怖と絶望が、僕の世界を、完膚なきまでに蹂躙(じゅうりん)したのだ。

両親を殺され、妹を殺され、友人を殺され、隣人を殺され、僕の国の人間が皆殺しにされ、世界中の人間が悉(ことごと)く殺された。

僕が、その世界の人類最後の一人になるまで、生き残れたのは……ただの運だ。

本当に、運が良かったのだ。

今、思えば、僕の固有魔術(オリジナル)の片鱗(へんりん)が、すでに顕現していたのかもしれないけど。

それを差し引いても、十数億人も存在する世界で、僕が最後まで生き残れたのは奇跡だし、運が良かったとしか言い様がない。

そんな運が良かった僕にも、とうとう最後の時が訪れる。

その邪悪——《無垢(むく)なる闇》が、僕を死と絶望に呑(の)み込もうとやってくる。

だが——その時、僕は見たのだ。

——絶対的な〝正義〟を。

僕の前で、天より舞い降りたその人物は、この世界の有り様を嘆き悲しみ、激しい憤怒をもってその真なる邪悪と戦い始めた。

壮絶だった。天地開闢の時を見ているようであった。

まるで、絵本か戯曲か小説か神話で語られるような、その光景は。

掛け値なしの強大な恐怖と絶望へ、厳然と立ち向かう、その人の姿は。

家族を喪った悲しみも忘れさせ。

隣人を喪った悲しみも忘れさせ。

友人を喪った悲しみも忘れさせ。

国を、世界を喪った悲しみすらも、僕に忘れさせた。

自分自身を失ったことすら、僕に忘れさせた。

その神話のような戦いは、ただただ美しく——僕の心を捉えた。

あの吐き気のするような悍ましき、深海の底のように暗き混沌の絶望を前に、一歩も引かず戦い続けるその人の後ろ姿は——涙が出るほどに美しかった。

君は一体、誰？

戦いの最中、僕のそんな問いに、その人は答えた。

――〝正義の魔法使い〟。

そう、あれが、あれこそが、正義。

理不尽に抗う人間の誇りであり、希望たるもの。

掛け値なしに純度１００％の邪悪も存在すれば。

その対極に位置する絶対的な正義もまた存在することを、僕はその時、識る。

…………。

……。

……結果を言えば。

残念ながら、あの〝正義の魔法使い〟は――負けた。

その真なる邪悪は、まるでこの世界そのものに飽きたかのように、木っ端微塵に破壊し尽くした。

〝正義の魔法使い〟は、なんとかそれを防ごうとしたが――駄目だった。

僕は、崩壊し、割れて砕ける世界に巻き込まれ……そのまま、何処かへと流されていく。

〝正義の魔法使い〟は、何事かを叫んで、僕へと手を伸ばすが──届かなかった。

僕は墜ちる。墜ちていく。次元の狭間へと。


でも、絶望的な巨悪に立ち向かう、その尊さと美しさだけは、僕の魂に刻まれている。

己の全てを崩された不安よりも。

全てを喪った悲しみよりも。

世界を壊された絶望よりも。

あまりにも強大すぎる邪悪に対する恐怖よりも。

何よりも、その尊さと美しさだけが──鮮烈に、強烈に僕の魂を、存在を固定する。

だから、自然とそう思ったのだ。

いつか、あの背中に追いつこう。

いつか、あの背中を超えて、あの邪悪を撃ち倒そう。

いつか、あの〝正義の魔法使い〟すら成し遂げられなかった〝正義〟を、僕がなす。

あまりにも、馬鹿げた、子供じみた発想だが、その時の僕は自然と、最初からそれが自身の運命であり、為すべきことであると、そう確信したのだ。

為さなければならないのだ、たとえ、僕が僕でなくなったとしても。

十数億人の中から、唯一、僕が生き残ったのは、そういうことだ。

僕はそうなるために、そう生きるために、ただ一人、この終わった世界で選ばれたのだ

——と。

僕は、正義を証明しなければならない。

絶対的な正義を。

僕の——長い、長い、魂の旅路が始まったのだ——……

——。

——。

——。

——。

「……絶対的な正義は存在するんだよ。グレン」

ジャティスはグレンへ、そんなことを言っていた。

「そのために、ありとあらゆるものを焼べても、否、焼べるべき……最頂点の正義は、間違いなく存在する。

いや、存在するべき……存在していなければならないんだ。

で、なければならない〝赦されざる〟が、この世界には確実に存在するのだから」

身構えるグレン達を前に、ジャティスはどこか熱に浮かされたように、蕩々と饒舌に語り散らす。

「そして、僕にはその資格がある。その絶対的な正義を執行する資格がある。僕がこうして、今、此処に、生き残っているのが……その証拠さ」

「寝言言ってんじゃねえぞ、てめえ」

対し、グレンはけんもほろろに吐き捨てた。

「絶対的な正義だぁ？　そんなものがあるわけねえだろ、常識で考えて」

「そう思うのはまだ、君が常識に囚われているからだ。

知ってはいても、識らないからだ……この世界には、そんな常識を撃ち砕く底なしの悪が存在するということを。

そして事実、そんな絶対的な悪が存在するなら、そういう絶対的な正義もまた存在しなければならない。でないと、釣り合いが取れない。

この世界の森羅万象は、常に二極一対。

すなわち、光と闇。陽と陰。創造と破壊。男と女。生と死。天国と地獄。

教科書レベルの基本的な魔術の理論であり、世界の根柢法則さ」

「…………」

「……とはいえ、僕もまぁ……当初は、まるでわかっていなかったよ。

君と共に駆け抜けた軍時代……僕は、絶対的な正義を目指し、狂犬のように悪へと噛みついていたね。

そして、君をライバル視していた。今、思えば実に若気の至り、恥ずかしい限りさ」

「…………」

「だが、僕は『封印の地』で、全てを識った。

君も恐らく、体験しただろう……《大導師》が見せた神秘体験で」

「……お前……」

「賢者への第一歩はまず、自分がいかに無知であり、愚者であるかを認識するところから始まる。僕にとってのそれが、まさに『封印の地』での体験だったのさ。

そして、僕は、かつて僕が見た悪と正義がなんだったのか……その正体を知り、この世界の真なる姿を識った。識ったからには、邁進せねばならない。

小さなことから、一歩ずつ、一歩ずつ……積み上げなければならない。あらゆる高みはその些細な一歩の積み重ねなのだから。

身近に潜む邪悪を一匹ずつ潰し……自分の正義と位階を高めなければならなかった。

正義とは、悪を倒すことによってのみ、鍛え上げられる。

この邪悪の国を滅ぼし、王家の血筋を滅ぼし、天の智慧研究会を滅ぼし……《大導師》ごとき、出し抜いて上回らなければ、到底、僕が目指すものには届かない。

そして——僕は、その全てに勝った」

そう言って、ジャティスが宿敵に挑むような、はたまた憧れの存在を遠く仰ぐような、そんな複雑な眼差しで、グレンを見据えた。

「後は君だ、グレン。以前も言ったように……君に勝たなければ、君を超えなければ、僕の正義は、どこまでいっても始まらないんだよ。

後は……本当に君だけなんだ、グレン……」

「だから、それがマジでワケわかんねえってんだよ……ッ！」

グレンが苛立ったように吠えた。

「てめぇにも、てめぇなりに目指しているモンがあんのはわかったよ！
さっぱりわけわかんねーし、共感できねーし、するつもりもねーけどな！
ああ、てめぇと俺は、どこまでも平行線で、不倶戴天の敵同士、もう、ブチ殺し合うしかねぇよ！　だがな……なんで俺なんだよッ⁉
てめぇの正義の試金石が、どうして、よりにもよって俺なんだよッ⁉」

「それは……実を言うと、僕にもわからなかった」

しれっとそんなことを言って、肩を竦めてみせるジャティス。

「僕の正義は、この世で一番高き場所に存在するのに……どうして、路傍の石ころのような君が、ずっと気になっていたのか。

おかげで軍時代、僕は君によく突っかかったよねぇ？　ははは、懐かしいな。

まぁ、ウマが合わない。気に食わない。主義主張が根本的に食い違う。認められない……当時は、そんなところだったんだろうと思うよ。

しかし、あの神秘体験を経て、この世界の有り様を正しく識って……その理由を、僕はようやく理解した。時の最果ての大図書館で五億年の研鑽を積むことで……それは絶対的な確信へと至った。

そう――やはり、君が！　君こそが！　僕の愛すべき、そして絶対に倒すべき、超えねばならない永遠の好敵手であり、壁だった……ということにね！」

「だ　か　ら！　何度も同じ事を言わせんな！　それが一体、なぜだと――」

「説明しても、君にはわからないよ。……今の君にはね」

ジャティスがにやりと嗤う。訳知り顔で嗤う。

「だけど、じきに君は全てを理解することになるかもしれない。ついぞ、理解できないかもしれない。……運命の行方は、僕と君の手の中に、というわけさ」

「……はぁ～～～～……」

グレンは盛大なため息を吐いた。ため息しかでなかった。

結局――グレンは、この期に及んで、ジャティスのことが何一つわからなかったのだ。

相容れないなりに、理解できる部分を探そうとしたが、無駄も無駄だった。

なんだかんだで、この男とは結構長い付き合いだというのに。

紆余曲折あって、二人の因縁は世界を天秤にかける大事にまで発展してしまった。

ならせめて、最後の戦いの前に、互いに少しは気の利いた言葉でもかわし合おうと、殺し合う相手をほんの少しでも理解してみようと、対話を試みたのだが。

それが、そもそもの間違いであったようである。

「……先生。もうこれ以上は無駄ですよ」

グレンの隣に佇むシスティーナが警告する。

「もう、シンプルに行きましょう。ジャティスは世界に仇為す敵です。そして……先生の大切だった人……セラさんの仇です」

「……〝汝、望まば、他人の望みを炉にくべよ〟……先生、私達は魔術師です。魔術師なら魔術師の流儀で戦うしかありません。……最後まで」

ルミアも覚悟を決めたように頷く。

「ん。わたしは……戦う。ジャティスは敵。グレンの、みんなの敵。みんなを守るために戦う。戦う理由なんて……それだけでいい」

リィエルも大剣を、深く低く構える。

「それでいい」

だが、そんな三人娘達を前に、ジャティスは満足そうに微笑んだ。

「グレン。今、君の傍らに寄り添う少女達……彼女達も、君が長い旅路と葛藤と戦いの果てに得た力だ。君の魔術師としての武器だ。

臆せず、気兼ねせず、遠慮せず、存分に振るうといい。そんな君達を倒してこそ、僕の勝利に価値はある」

「うるせぇ！　こいつらを武器扱いすんじゃねえ！」

「失言失礼。でも、まぁ、すでに互いに言葉は尽くした。後は互いに、心ゆくまで、互いの正義を押し通すのみ……」

そんな最後のやり取りと同時に。

「……行くぞッ！　システィーナ！　ルミア！　リィエル！」

グレン達が──動いた。

「──《王者の法》ッ！　起動しますッ！」

ルミアが掲げた手から、眩い光が迸り──グレン達を包む。

そして、その壮絶な魔力ブーストを乗せて、グレンとシスティーナが同時に呪文を唱え始めた。

「《時の最果てへ去りし我・──》」

「《我に続け・颶風の民よ・──》」

「《慟哭と喧噪の摩天楼・時に至る大河は第九の黒炎地獄へ至り・その魂を喰らう黒馬は己の死を告げる・我、六天三界の革命者たらんと名乗りを上げる者ゆえに──》」

「《我は風を束ね統べる女王なり》──ッ！」

「──時天神秘【OVER CHRONO ACCEL】ッ！」

「──風天神秘【CLOAK OF WIND】……ッ！」

システィーナが掲げた両手から、緑煌に輝く光輝の風が爆発的に広がる。

世界の果てまで届かんばかりの勢いで広がっていく。

「おおおおおおおおおおおおおおおおおお──ッ！」

そして、グレンが掲げる左手を中心に──世界が変革する。

巨大な時計のような魔術法陣が、固有の限定結界となって、この世界の法則を支配し、塗り替えていく──

──確定だ。

本来ならば、これでもう勝利が確定。

グレンの【OVER CHRONO ACCEL】が場に通った時点で、勝敗は決した。

その場におけるあらゆる時間を、自在に支配するグレンを前に、もうジャティスは何もできない。する時間がない。

だが──相手は、ジャティス。

「さすがだね、グレン……なんという神秘。そこの彼女達も素晴らしい。僕が超えるべき宿敵が君達で、本当に……良かったッ！」

まったく、余裕を崩さず、むしろ待っていたとばかりに歓喜して。

「今こそ、僕の五億年の研鑽を披露しよう！」

ばっ！　とジャティスが身構え、呪文を唱える。


「《我は已が正義に依りて運命を超える者・あらゆる理を・あらゆる力を・我が揺るぎなき不退転の意思と決意を以て・ねじ伏せる者》――」


ごうッ！　その瞬間、ジャティスの身体から壮絶なる魔力が吹き上がる。

その背後に、巨大な――女神の姿が顕現していく。

その右手に黒く、禍々しく、長大な偃月刀を握った、悍ましき女神が。

「人工精霊……ッ!?　いや、何か違えけど……くそ、なんでだ!?」

グレンが【OVER CHRONO ACCEL】を制御しながら、叫ぶ。

「この場の時間は、すでに俺が支配してんだぞ!?　お前が何かする時間なぞ、もう永遠にねえはずなんだが……ッ!?」

それは、まるでグレンの時の支配法則を無視しているかのような。

あまりにもフリーダムで得体が知れなさ過ぎるジャティスの術行使に、グレンが冷や汗をかいていると。

「――正義【ABSOLUTE JUSTICE】」

ジャティスの術が完成する。

この時空間を激震させる衝撃と共に、あまりにも禍々しく神々しい偶像の女神が、グレン達の前に完全顕現したのである。

「な、なんだこりゃあ……？」

グレン達が、ジャティスの背後にまるで巨人のように聳え立つ異形の女神を見上げる。

「フェアじゃないから説明しよう！

僕が至ったこの〝天〟は、君達の〝天〟ほど、高尚な神秘じゃない。

ただ、ひたすら……愚直なまでに、自分の正義と意思を貫くための神秘。

僕自身が正義の行いと信じている限り、僕はあらゆる律法を受け付けず、あらゆる律法を打ち砕き、あらゆる律法をねじ曲げ、破壊する！

そして、僕の正義を通すに相応しき律法を創造する！　それだけさ！」

その底抜けの神秘と術コンセプトに呆(あき)れるしかない。

その話が真実なら、つまり。

「なぁにが、それだけ、だ……要はそれって〝究極の自分ルール〟を、一方的にその場に強いるってことじゃねーか……ッ!?　そんなんありか……ッ!?」

時天神秘も、空天神秘も、根底にはこの世界に存在する理や法則に沿って、力を発揮しているものだ。

いくら凄(すさ)まじい力を発揮する神秘でも、そこにはルールがある。

魔術の極みといえど、そこは科学的なのだ。

神の如(ごと)き力だが、ちゃんとルールは守っているのだ。

だが――ジャティスの【ABSOLUTE JUSTICE(アブソリュート　ジャスティス)】は、根本的なルール無視&破壊。

むしろ、ルールを勝手に作り出す。局地的に神すら超える力だ。

要するに、世界法則の支配と創造。

たとえば、この術の影響下にある限り、事実上、ジャティスは不滅で死なない。

〝ジャティスの死は、ルール違反だ〟ということにしてしまえる。

そして、ジャティスに対するあらゆる攻撃・能力が、彼の正義の名において無視され、
ジャティスのあらゆる攻撃・能力が、彼の正義の名において必中必殺必滅の刃となるだろ

う。

だって、そういうルールなのだから。

「ははは、もちろん、弱点はあるさ。

言って、それほど無敵の術じゃないんだ。どんな魔術も万能じゃないからね」

ジャティスが残念そうに肩を竦める。

「この術の力が及ぶのは、あくまで〝僕自身とこの術の射程内〟。そして、〝僕が正義と100%信じられる行動〟に限る」

「ざっけんのも大概にしろよ、このカラスがぁ！」

グレンが吠えた。

前者はともかく、後者が致命的である。

要するに……無敵である。その術の使い手が、ジャティスである限り。

ジャティスがジャティスである限り、弱点が弱点じゃないのだ。

たとえ、その術を他の誰かが使用したとしても、グレンやシスティーナの〝天〟には、遠く圧倒的に及ばないだろう。自身を100%心の底から信じられる者はいない。

だが、数億年の時間経過にも余裕で耐えてみせる無敵メンタルを持つジャティスが、その術を使用した場合は──別だ。

魔術は、術者の心の有り様を映す鏡……そんな格言を体現したような神秘。

ジャティスだけの究極、最強の〝天〟であった。

「さぁ、どうする⁉　グレェン⁉　この僕の正義を前に、君はどうする⁉」

「せ、先生……ッ！　これって……？」

「……か、勝てるんでしょうか……？」

不安げにグレンを見つめてくる、システィーナ達。

無理もない。ざっと聞いただけで、もう絶望感しかない相手である。

だが――……

「……やるしかねえ……ッ！」

グレンが悲壮な覚悟を決めて、拳銃を抜き、魔力を高める。

「いつも通り、出たとこ勝負だッ！　戦いの中で活路を探すしかねえッ！　……それに、言っちゃなんだが、実は手はある……ッ！」

「！」

グレンの言葉に、システィーナ達がグレンへ視線を集めた。

「あいつが……セリカのやつが、とっておきの切り札を俺に残してくれていた。まぁ……本来は、対魔王戦を想定したものだったんだろうが、ありがたく使わせてもらうぜ」

「アルフォネア教授の術……？」

「それなら確かに、あの人にも通用するかも……」

思わぬ希望と活路に沸くシスティーナ達へ、グレンが神妙に頷く。

「ただ、二度はねえ。そして、確実に決めるためには……お前らに相当、負担かけると思う。……俺を、信じてくれるか？」

「はい！」

「もちろん！」

「ん！」

力強く頷き、システィーナ達がグレンを中心に陣形を組む。

これほどの彼我の力の差を見せつけられて、なお戦う意思を揺るがせないグレン達を見て、ジャティスは両手を広げて、心底歓喜した。

「そうだ！　それでいい！　君は！　君達は！　そうでなくてはッ！」

「ぉおおおおおおおおおおおおおおおおおお――ッ！」

聞かず、グレンが光の風に乗って、ジャティスへ突撃する。

「くらえ──ッ！」

そのまま、魔銃【クイーンキラー】を抜き撃ちでぶっ放す。

放たれた球弾頭に、まるで超新星のような壮絶な魔力が漲り──イメージした無軌道な軌跡を描いて、流星のようにジャティスへと殺到する。

壮絶な爆光を上げながら、弾丸が、何度も何度もジャティスを打ち据える。

「はははははは──あっはははははははははははははは──ッ！」

この世界の果てまで届きそうな爆音と、激しく明滅する視界の中、ジャティスの哄笑が響く、響く、響き渡る。

そんなジャティスへ。

「く──、はぁああああああああ──ッ！」

システィーナが、次元ごと斬り裂く輝く風の刃を、無数に放ち、

「先生……ッ！」

ルミアが黄金の鍵を掲げ、ジャティスの周囲の空間をねじ曲げて、

「いいいいやぁあああああああああああああ──ッ！」

リィエルが大剣を一閃(いっせん)し、銀色の剣閃(けんせん)──【絆の黎明(ディブレーク・リンク)】を放つ。

そのどれもが、直撃。

総計、ジャティスを百度以上殺して、なお余りある怒濤(どとう)の攻勢である。

だが──

「はははははははははははははははははは──ッ！」

ジャティスの哄笑は止まらない。

どこまでも、止まらない。

全てのダメージを、彼の正義の名において、〝無視〟したのだ。

こうして、メルガリウスの天空城、その最高層にて、ジャティスとの最後の戦いが始まったのであった。

──。

そこは──悪夢のような戦場であった。

見渡す限り、不定形の怪物、怪物、怪物の群れ、怪物の奔流。

それがありとあらゆるものを喰らい尽くし、呑み込まんと、まるで怒濤の津波のように押し寄せてくる。

『帝国神鳳騎空兵第三隊、戦域20−14！　三時の方向より縦列爆撃掃射開始！』

イヴの指揮が、編隊して空を飛び交う神鳳に騎乗した航空魔導兵達へと飛ぶ。

『了解！　イグニス1、攻撃開始！』

『イグニス2、攻撃開始！』

『イグニス3、攻撃開始！』

それに応じ、航空魔導兵達が急降下からの低空飛行で、地面に蠢く不定形の怪物──〝根毛〟達へ、爆炎呪文を次々と放つ。

面制圧攻撃に、戦域の一角に火柱が上がる。

『今よ！　帝国儀式魔導第四分隊、戦術儀式魔術コードγ！　起動開始！』

そんなイヴの発令に、後方待機していた儀式魔導兵達が、構築されている巨大魔術法陣の中で立ち並んで、同時呪文詠唱(スペリング)と共にすでに準備していた儀式を起動し――

――次の瞬間、地平線を真紅の超高熱炎が瞬時に舐(な)め尽(つ)くし、大音響の爆音を上げ、大地を空を真っ赤に染め上げる。

黒魔儀(くろまぎ)【レッドクリムゾン・パーガトリィ】――世界最強の軍事魔導大国、アルザーノ帝国が誇る戦術A級軍用魔術である。

本来ならば、街一つを余裕で焼き尽くす絶大なる面制圧火力だが――あの化け物の海のような群れの前では、マッチ一本の火にも等しい。

他にも、レザリア王国の神聖天馬騎士隊の、落雷攻撃が。

ガルツ国軍の魔導飛空艇隊の絨毯(じゅうたん)爆撃が。

ハラサ国軍の召喚した炎の巨人が。

日輪国軍が開いた黄泉路(よみじ)への門が。

津波のように迫り来る〝根毛〟達を吹き飛ばし、薙(な)ぎ払(はら)い、燃やし尽くし、呑み込んでいく。

その衝撃に、天が震え、大地が震える。

だが、そのような戦略級・戦術級の攻撃の掃射を受けてなお、〝根毛〟達の勢いが止まることはない。迫る。迫る。迫り来る。

やがて、遠距離攻撃戦は終了し、どの戦域も、軍と怪物が直接ぶつからざるを得ない白兵戦の間合いが近づいてくる。

その目と鼻の先に迫り来る、見るも悍ましき異形の群れに、さしもの歴戦の帝国軍も浮き足立ちかけるが——

『カァアアアアアアアアアアアア——ッ！』

地を響もすような獣じみた咆哮が、戦場を震わせた。

帝国軍の先頭に、一人の少女が立っている。

竜の少女ル＝シルバだ。

ル＝シルバは、絶対零度の吐息を吐いて広域戦場をなぎ払った。

地平の果てまで瞬時に吹き抜け、駆け抜ける吐息。

それは、人知を超えた凄まじい凍気だった。

空気が凍って渦巻くダイヤモンドダスト。ホワイトアウトする戦場。乱舞する氷礫。

最早、それは一個人の攻撃ではなく、天変地異級の災害だ。

そして、その白いガスが晴れれば……見渡す限りの怪物が凍り付いていて。

「やぁあああああああ――ッ！」

跳躍したル＝シルバが、その細腕を、凍り付いた怪物達へと叩きつける。

すると、超絶的な衝撃が地平の向こうまで走り――大地を割って、その上に乗っている凍り付いた怪物達を、粉々に砕き散らしていった。

だが、怪物は無限。

砕けた同胞を踏み越えながら、次なる第二波が迫ってくる。

だが――

「大丈夫！　帝国の皆！　私がついているよ！」

ル＝シルバが、その一見、可憐な少女が、背後の帝国軍を振り返りながら、力強く笑いかける。頼もしいこと、この上なかった。

「なるほど、あれが古き竜ですか……単騎で戦術級の儀式魔術に匹敵していますね。先輩も、とんでもない人を魔術的従者にしたものです」

「そして、あんなのが足手纏いになる空の戦いってなんなんじゃ？」

クリストフとバーナードが、ル＝シルバの戦いを目の当たりにしながら、そんなことを言い合っているうちに。

やはり、どうしてもル＝シルバが防ぎきれない〝根毛〟達が、肉薄してくる。

同時に、各国もついに白兵戦の距離まで、〝根毛〟達に迫られて。

ついに、激突を開始するのであった。


────。


「ああもう！　倒しても倒しても切りがないわいッ！」

バーナードが鋼糸を全身から周囲へと放つ。

うなりを上げる無数の鋼糸が、空気を裂いて四方八方へと飛んでいき、その軌道上に存在する、十数匹の〝根毛〟を、バラバラに寸断する。

炎が付呪（エンチャント）されている糸は、さらにバラバラに寸断した〝根毛〟を灰に燃やし尽くす。

一瞬、そこにスペースが空くが──

「「「843qいおjがmw、dsvmふぉkまgけんろgかm〜〜〜ッ！」」」

すぐさま、また大量の〝根毛〟達が押し寄せてくる。

「ぁあああ、もうっ！」

「バーナードさん、下がってください！　少し戦線を押し上げます！」

その時、その周辺一帯に、攻性結界を展開し終えたクリストフが叫ぶ。

地面に手をつき、呪文を叫ぶ。

「――《高速結界展開（イミッド・ロード）・紅玉法陣（ルビー・サークル）・五重奏（クインテット）》ッ！」

ごッ！

前方広域に瞬時に展開された、炎の結界が、地面を舐め尽くすように超高熱の炎を迸（ほとばし）らせる。その効果範囲内の〝根毛〟を燃やし尽くしていく。

だが、それでも――

「「「「jぎれjgqいおjがmw、dsvmふいえtじょgmろgかm～～ッ！」」」」

〝根毛〟達はまるで途切れること無く、押し寄せてくる。

「まぁ、そりゃーそうじゃのう……なにせ地平線の果てまで、こいつらおるんじゃし」

帝国軍の前方では、ル＝シルバが単騎で大暴れしているが、それでも単騎で防げる敵は当然、限られている。

戦線を抜けてきた大量の〝根毛〟に、帝国軍は全力で対処するしかない。

それでも帝国軍には、ル＝シルバがいるだけ、まだマシな方だ。

他の戦域では、さらに凄惨な状況……それこそ血で血を洗い、魂を擦り削るような決死の戦いが現在進行形で繰り広げられているのだ。

「バーナードさん、クリストフ先輩ッ！　一旦、下がってください！」

エルザが突進し、神速の抜刀。

一呼吸の間に、数十閃の斬撃を放ち、〝根毛〟達を押し返す。

「「「《紅蓮の獅子よ・憤怒のままに・吼え狂え》――ッ！」」」

後に続く隊伍を組んだ帝国軍魔導兵達も、炎熱系攻性呪文を矢継ぎ早に唱え、その爆炎と爆圧の弾幕を形成、押し寄せてくる〝根毛〟達を必死に退けていく。

そして、そんな弾幕を抜けてきた少なくない〝根毛〟達は――

ドバッ！

《鬼の腕》を振るうクロウや、その部下ベアが細かく処理する。

「続けろ！　撃って、撃って、撃ちまくれ！　撃ち漏らしは、俺とベアで引き受けてやっからよぉおおおおお――ッ！」

「やれやれ、先輩のお守りは相変わらず大変だ……」

と、ぼやきながらも、ベアは猪突猛進するクロウを、的確に攻性呪文や補助呪文でサポートしながら、ため息を吐く。

「ま、わしらはそんな無理する必要ないわい」

バーナードが、鋼糸とマスケット銃を振るいながら、クロウやベア達の戦列に並ぶ。

「……ええ、そうですね、僕らは、いわゆる〝抑え〟ですから」

「本命は……」

クリストフとエルザも、さらに前に出ようとした、その時だった。

きゅどっ！

後方に離れた高台の頂点から、蒼い雷の極太閃光が放たれ、その射線上の〝根毛〟を悉く消し炭にし、遥か彼方にある〝主根〟を大きく抉っていた。

その頃──……


「アンタ、バッカじゃないの⁉」

戦域の一角、帝国軍後方の高台に、少女の叫びが響き渡る。

ルナだ。その叱責は、目の前でフラフラになって片膝をついているアルベルトへと向けられている。

「もう少し出力落とせって言ったじゃない⁉　アンタ、そんなペースで撃ってたら、マジで死ぬわよ⁉」

見れば、アルベルトは魔杖《蒼の雷閃》を支えに、うなだれ、激しい息を吐いていた。

その右目の包帯は開放され、【選理眼】は、出力全開で駆動中である。

「……仕方あるまい。近づくことができない以上、この位置から〝主根〟へ、まともなダメージを入れられるのは俺だけだ」

アルベルトは呼吸を整え、なんとか立ち上がろうと足掻く。

「確かに、今の俺の状態では、あの〝主根〟を〝右眼〟で完全理解するのは難しい。そもそも、距離が遠すぎる。いくら抉ろうとも、そのうちに再生してしまう。

だが、〝主根〟を削れば削るほど、この場や世界中の〝根〟の活動が減衰することは、すでに証明済みだろう？」

「わかる……けどさ……ッ！」

げほっ、ごほっと、血を吐くアルベルトに、ルナが歯がみする。

「イヴの指揮がなければ、即、総崩れだ。ゆえにイヴが倒れるわけにはいかない。が、一兵士に過ぎん俺ならば、問題ない。ならば、これは俺の役目だ。どけ」

そんな風に言い捨てて、アルベルトが立ち上がった、その時だった。

その周囲を固める帝国軍将兵達に動揺が走る。

「き、来たぞぉ～～ッ！　化け物共が来たぁああああああ――――ッ！」

見れば、やはり〝主根〟側にもなんらかの意思や意思疎通が存在したのだろう。

あからさまに、アルベルトのいる高台へ向かって、大量の〝根毛〟達が押し寄せてきている。

ル＝シルバはすでに手一杯だ。

圧倒的物量差のあるそれに立ち向かおうと、帝国軍将兵達が隊列を組み始める。

「ち──」

アルベルトも、その戦線に参加しようとして。

「いいから！　貴方は休んでなさいってばッ！　どうせ無茶すんなら、せめて余計なことすんなッ！」

そう言い捨てて。

アルベルトの進行を阻むように、ルナが先のパウエルとの戦いで半分の数に減ってしまった痛々しい三翼を広げる。

「ここは私が抑えてあげる！　せめて貴方は貴方だけの仕事に専念なさい！　死にたくなければね！」

「……また借りが出来たな」

「だから、返しているだけだってば！　本っ当、いちいちムカつくわね、貴方！」

そう唾棄するように言い捨てて。

ルナが翼を羽ばたかせ、空を舞う。

そして──

――Ya, …AlaLaLa, Lala…Ah, YaLaLa, Laha…♪

天使言語魔法(エンジェリック・オラクル)【賛美歌】を歌い始める。

その歌声に呼応するように、ルナの全身が法力で輝いていく――

おおおぉぉぉ……と。その神々(こうごう)しい天使の御姿(みすがた)を、周囲の帝国軍将校が、惚(ほ)れ惚(ぼ)れしたように見つめ、感嘆の声を上げ。

(フン。今日は……この歌、止めるつもりないわ……ッ!)

次の瞬間、ルナが滑空。

急降下で、眼下に迫り来る〝根毛〟の群れへ向かって、圧倒的な法力剣(フォース・セイバー)を、大上段から叩(たた)きつける。

白き法力の爆光が壮絶に上がり、大地に広大なクレーターが口を開くのであった。

――――。

そして、そんな激震と激戦に震えるミラーノから遠く離れた、フェジテにて。

「……先生……」

「システィーナ……ルミア……リィエル……」

見るも無惨にボロボロになった魔術学院の中庭で。

カッシュ、ギイブル、ウェンディ、テレサ、リン……魔術学院の生徒達が、祈るように空を見上げている。

相変わらず、空を圧迫するように存在する天空城。

上空の時間と空間が歪んでいるのは、まだ位階の低い彼らでも、痛いほどにわかる。

そして、その歪んだ空間と天空城の姿が、何らかの衝撃に呼応するかのように、断続的にブレ、ノイズがかかり、激しく明滅し、空を啼かせる。

その場に集う者達は、それが何を意味するのか、直感的に理解していた。

魂で感じるのだ。

戦っている。

グレンが。

システィーナが。

ルミアが。

リィエルが。

今、この世界の命運をかけて……激しく戦っているのだ。

「先生……ッ！」

「……先生……ッ！」

彼らは見守る。

遠い空へ征った、彼らの恩師を、彼の友の無事を案じ、ただ見つめ、祈り続けるのであった──

──。

「うおおおおおっ！《Iya, Cthugha》ッ！」

「はははははははははははは！」

グレンの叫びと、ジャティスの哄笑が、世界の果てに残響する。

グレンが右手の魔銃《ペネトレイター》を、時流を操作した神速の早撃ちで放つ。

その銃口から、彗星のような弾丸が吐き出され、ジャティスへと向かっていく。

セリカの《世界石》から得た知識で、外宇宙の邪神《炎王クトガ》の力を乗せた、星の開闢に匹敵する超高熱量弾丸だ。

弾丸に、紅蓮の獅子のような異形の幻影が重なって燃え上がり、紅炎の尾を引いて、ジャティスへと襲いかかっていく。

だが、小隕石くらいなら木っ端微塵に破壊するそれに向かって――……


「はははははははははははははははははははははははッ！」


ジャティスが構わず突進している。

背負っている歪んだ正義の女神と共に、グレンへと一気に突っ込んでくる。

――直撃。

超新星のような爆光が上がり――周囲の次元が軋む。

だが、ジャティスが、そんな壮絶な破壊力を真っ向から抜けてくる。

「ちぃ――ッ！　《Iya, Indra》ッ！」

対し、グレンが左手の魔銃《クイーンキラー》の引き金を絞る。

その銃口から、壮絶な稲妻を張らせた弾丸が、超電磁加速で撃ち放たれる。

弾丸に、外宇宙の邪神が一柱《金色の雷帝》の――その稲妻で編まれた巨大な巨人の掌(てのひら)の幻影が重なって輝き、ジャティスを握り潰さんと光速を超えた死地の速度で迫る。

「あっはははははははははははははははははは――ッ！」

斬ッ！

だが、ジャティスはその雷帝の腕を、あっさりと右手の黒い剣で上下に切り開いて、突進してくる――

「……糞(くそ)がッ！　《汝(なんじ)・滅びもたらす風の翼》――【ル＝キル】ッ！」

ならば、と。

グレンが矢継ぎ早に、《時の天使》ラ＝ティリカの権能を行使。

彼女の眷属(けんぞく)を、契約主(マスター)権限で召喚する。

刹那、鐘を衝(つ)くような重低音と共に、世界の全てがモノクロ化。

「いっけぇえええええええええええええ――ッ！」

時の流れを止める。さらにグレンの背後から現れた、ラ＝ティリカの眷属――機械仕掛(じか)けの片翼天使が、その拗(ねじ)くれた翼を羽ばたかせる。

翼が巻き起こす、滅びの風をジャティスへと猛烈に吹き付ける。

しかも、それだけではない。

その滅びの風が狙うは、現在のジャティスではなく、近過去のジャティス。

つまり、過去のジャティスを滅ぼし、現在のジャティスが滅んだという事実を創る――

そんな超絶的な時間支配&因果操作攻撃。回避不能の必滅攻撃である。

現在から見て過去は確定している。一秒前に自分がその場所に存在した事実は、どうやったって動かせない。その一秒前の過去を狙う攻撃など回避しようがない。

だが――……

「身震いするほどの神秘だよ、グレン」

「～～～ッ⁉」

あらゆるルールを自身の正義の名の下に無視し、余裕で抜けてきたジャティスが、互いの吐息すら感じられる超至近距離で、グレンと顔を付き合わせる。

グレンが、即座にその場を神速で離脱し、ジャティスから距離を取る。

そんなグレンを特に追わず、ジャティスは両手を広げた。

「ははは……いいよ、グレン。

それがたとえ、借り物の力だろうが、なんだろうが関係ない。

力の出所など、その本質を評価する何の物差しにもならない。

重要なのは、その力を使って、今、この瞬間、何を思い、何を為すか。

もっとだ……もっと、君の〝正義〟を見せてくれ……君はそんなものではないだろう？」

そして、呪文を唱えた。

「《我は神を斬獲せんと望む者・我は始原の祖と終を知ろうとする者》――」

その場に、桁違いの圧で魔力が昂ぶって。

すると、ジャティスの背後に寄り添う女神が、その右腕を掲げ――その右手の黒剣が、光り輝き、そこから無限大の刀身を持つ光の刃が出力される。

「な――ッ⁉」

「グゥウウウレェエエエエエエンンンンンンンン――ッ！」

ジャティスが左手をグレンへ向けると。

その背後の女神が、その無限大の刀身を持つ光の刃を滅茶苦茶に振るいまくった。
「くぅううう――ッ⁉」
グレンは、時天神秘を駆使して時の流れをねじ曲げ、その光の刃をかわす。
左へ飛び、右へ旋回し、急上昇からの急降下。
かわす、かわし続ける――
その流れ刃で、真っ二つにされて、砕け散っていく周囲の星々達。
それを尻目に戦慄しながら、グレンはただひたすらかわし続ける。
だが――
(かわしきれるわけがねえ……ッ⁉)
自分の時間の流れを極限まで速くしても、ジャティスの速度はなお速い。
おまけに、ジャティスに対する直接的な時間デバフは一切通用しない。
こんな状況で、ジャティスの攻撃をかわし続けられるわけがない――
――やられる。
グレンが、眼前に迫り来る光の刃に、硬直していると。
「先生ぇえええええええええ――ッ！」

業ッ！

そんなグレンへ横殴りに、光の風が叩きつけられる。

システィーナだ。

その瞬間、グレンを光の刃が容赦なく通り抜けるが――グレンに何の影響もなく、それは素通りする。

それを見て取ったジャティスが拍手する。

「なるほど。瞬間的に、イターカの風で、グレンの存在する次元位相を半ずらしにして吹き飛ばしたんだね。その瞬間、ここにいない者は斬れない。くく……やるねぇ？」

にやりと、ジャティスが遙か頭上で左手を構えるシスティーナを見上げる。

「君も本当に見違えたね。……あの頃とは大違いだ」

「はぁあああああああああぁぁぁぁ――ッ！」

システィーナが両手を頭上に掲げ――合わせた掌に、渦を巻いて輝く風を壮絶に貯めて

――それを振り下ろす。

ジャティスへ、猛烈なる風の砲弾を叩きつける。

神速を超えた魔速の風は、その熱エネルギーを急速に霧散・消失させ、瞬時に絶対零度

へと到達する。

そして、システィーナの風は、今、ジャティスが存在するこの位相次元のみならず、この世界の周囲に隣接する多元世界・平行世界をも纏めて吹き荒び、なぎ払った。

量子的同位相・多重次元同時攻撃。

逃げられない。逃がさない。

たとえ、この次元の世界から離脱したところで、あらゆる離脱先にも、すでに必滅必殺の凍気の風が待ち構えているのだから――

だが――


「残念。僕が正義だ」

ジャティスの背後の女神が剣を振り下ろす。

風を真っ二つに斬り裂き、霧散させる。

ジャティスに何のダメージも通らない。

「……くっ⁉」

「システィーナ、下がって！　いいいいいやぁあああああああッ！」

すかさず、リィエルがシスティーナの背後から、ジャティス目がけて突撃する。

まるで彗星のように、天よりジャティスへ襲いかかる。

「【絆の黎明】――ッ！」

リィエルが掲げる大剣に、銀色を灯して、ジャティスへ振り下ろす。

夜明けのような光が、全ての視界を白熱させる。

ガキィイイイイイイイイイイイイインッ！

その渾身の斬撃を、ジャティスの背後に寄り添う女神が、剣を掲げて受け止めていた。

大剣と大剣をかみ合わせて、リィエルとジャティスが睨み合う。

「……っ⁉」

「ほう？　理を超えた〝想い〟で為す概念攻撃かい？　まさか、あの君がその境地に到達するとは感慨深いものがあるね」

ぎりぎりぎりぎり……と。

頭上で鍔競り合うリィエルを見上げて、ジャティスが微笑む。

「その特性上、君の〝天〟と、僕の〝天〟は、近いものがあるようだ。

ともすれば、僕にとって一番厄介なのは、君達三人娘の中では君なのかもね。

だが——……」

ジャティスが両手を振るう。

それに応じ、女神がまるでジャティスそのものであるかのように大剣を振るう。

剣神や闘神というものがいたら、まさにそれだろう。

神域に完成された超絶的な剣技で、リィエルを攻める——

「その程度の剣技で、斬られてあげるわけにはいかないなぁあああああああ——ッ⁉」

「〜〜〜〜〜〜ッ⁉」

それは神がかった直感の持ち主であるリィエルだからこそ、だろう。

咄嗟に【絆の黎明】を、迫り来る女神の剣に合わせて、防御に振るい——……

衝撃音。

「う、ぁあああああああああああ——ッ⁉」

その威力で、リィエルがまるで流星のように吹き飛ばされていく。

「……追撃、征(い)くよ」

ジャティスが、そんなリィエルを追いかけようとした、その時。

「させませんッ！」

ルミアが立ちはだかり、鍵を振るう。

ピキィイイイン！

澄んだ鈴のような音が響き渡ると共に――空間完全凍結。

ジャティスの存在する空間を、その黄金の鍵の権能で凍結封印したのだ。

だが――……

「正義(ジャスティス)」

ぱぁん！

ジャティスが一歩踏み出しただけで、凍結した空間が、あっさり割れ砕ける。

「くぅ……ッ⁉」

くじけず、ルミアが鍵を振るう。

今度は空間に、虚無の奈落を開く。

そのまま、ジャティスを、この次元樹の外側へと追放しようとする。

だが――……

「――正義（ジャスティス）」

がしゃん！

ジャティスが、もう一歩踏み出しただけで、虚無の奈落が踏み潰される。

「まだ……まだぁ……ッ！」

さらに、ルミアが鍵を振るう。

空間が歪（ゆが）む。ジャティスを内包する空間がジャティス目がけて、縮小していく。

局地的な小規模ブラックホールの出現。

ジャティスをただの０次元のドットへと圧縮していく――

「正義(ジャスティス)！」

やはり、ジャティスが右腕を振るえば、圧縮空間が外側へと弾(はじ)け飛ぶ。

「そん……な……ッ！」

負けじと、ルミアがさらに権能を振るう。

ぎゅおっ！

ジャティスに流れる時間が——渦を巻く。

ジャティスを中心に、時間の流れが視覚化され、高速で回転する螺旋(らせん)が、ジャティスの周囲を回転する。

時間経過によって滅びぬ物体は、この世界に存在しない。

ジャティスに纏(まつ)わる時間が、その一瞬で数千億年も経過するが——……

「正義(ジャスティス)ぅうううううううううううう——ッ！」

ぱぁあああああああんっ！

女神が振るう剣の一撃で、時間の流れの螺旋そのものが斬り裂かれ、霧散した。

「く、ぁあああああああ——ッ⁉」

その衝撃で、ルミアもたまらず吹き飛ばされていく。

「正義(ジャスティス)！　正義(ジャスティス)！　正義(ジャスティス)ッ！　そんなもので、僕の正義は阻(はば)めないッ！　さぁ、次はどうする⁉　何をする⁉　僕に魅せてくれよ、グレェエエエン！」

攻めあぐねているグレン達(たち)の前で。

ジャティスが威風堂々と両手を広げる。

その両手から広がる、無限の疑似霊素粒子(パラ・エテリオンパウダー)。

それが、四方八方へ光の速度で拡散していき——

次の瞬間、ジャティスの背後の空間に顕現する、数千騎の天使達。

壮絶、そして壮観だった。

空想具現化する人工精霊(タルパ)召喚術はその性質上、ジャティスの【ABSOLUTE JUSTICE(アブソリュート ジャスティス)】と、相性最高である。

ゆえに——その天使達は、単騎で古き竜(エインシャント・ドラゴン)を撃破できる、伝説級(レジェンド)の力を持っていた。

否(いな)、最早(もはや)、創世級(ジェネシス)と言っていい。

そんな化け物達が、翼をはばたかせ、隊伍(たいご)を組み、宙空を埋め尽くさんばかりに群れを為す、まさに終末戦争の絶望悪に対峙した天使軍団のように。

「なぁ……ッ⁉」

「そんな！」

「……ッ！」

その数の多さに、さしものシスティーナも、ルミアも、リィエルすらも戦く。

そんな彼女達へ、ジャティスが謳うように宣言した。

「〝落日の黄昏に第四の天使は、ラッパを吹いた〟！

〝天が！　地が！　空が！　海が！　三千の剣と三千の槍によって埋め尽くされ、世界の大いなる半分が針山のようになった。それは人の罪の証である〟！

行けッ！　我が天使達よ！　正義を示せッ！」

ばっ！

ジャティスが手を振りかざすと、ジャティスの背後の天使軍団が、一斉にグレン達を目指して突撃を開始する──

剣を、槍を手に。まるでその密度たるや、壁だ。

システィーナが風を、ルミアが鍵を、リィエルが剣を構え、迎撃しようと身構えるが。

〝どう考えても凌ぎきれない〟！

三人娘達が漠然とそう直感し、背筋を駆け上る薄ら寒いものに震えていると。

「調子に乗ってんじゃ――……」

その時、グレンがジャティスの天使軍団へと向かっていく。

その左手の先に魔術法陣を展開し、収束された濃密な魔力を漲(みなぎ)らせている。

すでに、その呪文詠唱(スペリング)は終わっていた。

「――ねえよッッッ！」

グレンが左手を掲げ、極光の衝撃波を天へと撃ち放ち――

次の瞬間、無数の光波が上下前後左右斜め――ありとあらゆる方向・角度から光速で飛んでくる。

「見やがれ、銀河開闢(かいびゃく)と終焉(しゅうえん)ッ！
黒魔(くろま)改弐【イクスティンクション・メテオレイ】――ッ！」

乱舞する流星群のように、殺到する桁外れの虚数エネルギー。

それらが、ジャティスも巻き込んで、迫り来る天使軍団へ雨霰と降り注ぐ。

天使達が、凄絶な光波に呑み込まれ、次々に消し飛ばされていく。

だが――

「はははははははは――、あっはははははははははははははははは――ッ！　あっはははははははははははははははははははははははははははははは――ッ！」

ジャティスは嗤いながら、自身の右手の剣と、女神の右手の剣で、自身へ迫り来る光波を弾き返し続ける――

「そうだよ、それでいい！　もっとだ！　もっと君の正義を魅せてくれッ！　まだまだまだまだ、こんなものじゃないはずなんだからねぇ!?」

「どやかましいッ！」

ジャティスの歓喜と、グレンの怒声がアンサンブルする。

明滅する視界。

炸裂する破壊のエネルギー。

無限の宇宙を舞台に、星間が超新星のようにチカチカと煌めき続けるのであった――

――。

――戦う。

戦う。

戦い続ける――

グレン達が、ジャティスと死力を尽くして戦い続ける。

超絶的な神秘と秘術を尽くして、戦い続ける。

グレン達の術と、ジャティスの術が、正面から激突する度、その衝撃は光となって、宇宙の彼方まで駆け抜けていく。

時の流れは狂い、空間は歪み、次元が裂け、根底の理が何度も何度も無理矢理に書き換えられ、改ざんされ、上書きされ、滅茶苦茶になっていく。

――一体、どれだけの間、戦い続けただろうか？

その霊的至高領域における異次元戦闘空間は、時間の流れすらも曖昧で一定ではない。

外界と内界の時間の流れも異なる。

互いに神秘と秘術、死力を尽くしに尽くす、そんな――人知を超えた、戦い。

その果てに、グレン達は、漠然と理解する。

今、自分達が戦っている男は。

ジャティス＝ロウファンという男は。

この世界で、この次元樹で――もっとも、神に近い男なのだと。

自身の絶対的、確たる〝正義〟。ただ、それを信じ、ただ、それを貫き、どこまでも突き詰めることで――神域に限りなく近づいた男なのだと。

だが。

だからといって。

「負けて――られるかぁあああああああ――ッ！」

正気と魂を擦り削るような激闘が延々と続く最中、システィーナが吠えた。

彼女の纏う白い外套がさらに輝き、その表面に文字が走り、その風の性質が変わっていく。

より遠く、より強く、より鋭く――彼女がとある魔将星から受け継ぎ、学んだ風の神髄を、さらにその奥の極地を、境地を、秘奥を、急速に掴んでいく。

「──《Iya, Ithaqua》ッ！」


不可視の、とある『大いなる神性』に騎乗して。

システィーナは光の速度で、ジャティスの周囲を移動し、この位相次元の裏側をも移動する。そんな次元間の移動で巻き起こる壮絶な次元衝撃波で、ジャティスが無限に召喚する天使達を片端から斬り裂いていく。

そして、昇華していくのは、システィーナだけではない。

「はぁ──ッ！」

死闘の最中、いつしか、ルミアは二本の鍵を振るっていた。

右手に銀の鍵。左手に黄金の鍵。

それに合わせて、ルミアの時空間操作権能の力は、爆発的に跳ね上がっていった。

それは《天空の双生児(タウム)》の真の姿。真の権能。

彼女達は元より、二人で単一の神性。人の血を混ぜられることで、強引に二つに権能を分けられた存在。

「やぁああああああ──ッ！」

己の真の本質を急速に理解しつつあるルミアは、二刀流のように二つの鍵を振るう。

時の権能と空の権能。今まではどちらか一方を、選択的に使用することしかできなかったが——その二つを同時に、自在に振るう。

光と時間すらをも吸い込む、極微小のブラックホール弾を大量にばら蒔(ま)き、天使達を殲(せん)滅(めつ)していく。

そして、リィエルも——……

「……ッ！」

戦いが激化するうち、いつしかリィエルは大剣を握らなくなった。振らなくなった。

無手になった。

だが、リィエルはノーモーション・ノータイムラグで、無限射程の【絆の黎明(ディブレーク・リンク)】を放ちまくる。

剣を極めるあまりに、ついに剣そのものが必要なくなったのだ。

それゆえに、リィエルの剣天【絆の黎明(ディブレーク・リンク)】は、剣速の理論最速限界値を超えた。

今のリィエルは、人としての在り方を保ちながら、剣という概念となった。

視界に映った物を、斬ると意思決定した瞬間に、あらゆる距離を超えてすでに斬っているという、神域の剣士になっていた。

あるいは彼女のことを、こう呼ぶのだろう――剣神、と。

「いいいいやぁああああああ――ッ！」

リィエルは星空を自在に駆け抜けながら、【絆の黎明・神域(ディブレーク・リンク)】を無限に放ち、その斬撃の圧倒的弾幕でジャティスを抑え込む、抑え込む、抑え込む――……

「ははははははは！　あっはははははははははははははははは――ッ！」

さしものジャティスも、これには手こずるらしく、時間の流れに介入しながら、右手の黒い剣で、リィエルの斬撃を弾(はじ)き返す、弾き返す、弾き返す、弾き返す――……

壮絶なる衝撃音と、火花がどこまでも響き渡っていく。

――そう、ジャティスは〝火〟だ。

その人知を絶するいと高き神秘が、最高至高の鍛えの〝火〟となった。

ジャティスの業(わざ)に、神秘に食らいつくことで、システィーナ達(たち)の〝天〟が、猛烈な勢いで磨かれていく。鍛え上げられていく。

すでに彼女達自身、成長限界だと無意識に思っていたが、さらなる遙(はる)か高みを見せつけられ、常識を打ち砕かれ、その限界を突破してしまったのだ。

無論、誰にでもできることではない。

システィーナ、ルミア、リィエルだからこそ、彼女達の才覚と資質があったからこそ、為せる業。至れた高み、極みである。

だが、それでもなお、ジャティスは高い。

彼女達の遙か上に存在する。

だが、そんなジャティスに食らいつくように――システィーナ、ルミア、リィエルは戦い続ける。

自分を高めながら、鍛え上げながら、戦い続ける――

――だが。

そんな中、グレンの位階だけは上がることはなかった。

当初は確かに、セリカの残してくれた神秘のお陰で、最終決戦メンバーの中の主力ではあったが。

徐々に。

……徐々に。

システィーナ達との〝差〟が開いていく。

戦いについていけなくなっていく。

言葉を濁さずに言えば……足手纏いになっていく。

（くそ……ッ！　わかっては……いたけどよ……ッ！）

その事実に、ただ歯がみするしかないグレン。

しょせん、グレンの神秘はセリカの借り物だ。

そもそもが、グレンはただの三流魔術師なのだ。

この土壇場で、システィーナ達が生まれながらに持っている物との差が、誤魔化しがきかないほどに露見しただけ。ただ、それだけの話。

……それでも。

（俺は……俺はぁ……ッ！）

グレンは戦い続ける。

ジャティスと全ての決着をつけるために、戦い続けるのであった。

（俺は……セリカの意思を継いで……この世界を守る……ッ！

あいつらを……学院の連中を守る……ッ！

それだけだ……それだけなんだよ……ッ！

正義とか理想とかくだらねえ！　夢とかどうでもいい！　身近な大事なもんだけ守れてりゃ、それで——充分なんだよ！）

だが、手に籠もる力と、心に抱く焦燥とは裏腹に。

グレンの力は。

システィーナ達に、どんどんと水をあけられていくのであった。

そして、なぜか。

〝正義も、理想も、夢も、必要ない。ただ守れればそれでいい〟。

グレンが、そう強く思うほど、願うほど。

グレンの心のどこかで。

白い髪の懐かしい誰かが、少し哀しげに目を伏せているような。

何か物言いたげに、口を噤んでいるような。

時折、グレンをじっと見つめているような。

なぜか……そんな気がして。

「関係ねえ……ッ！」

そんな心の中の誰かの目から逃げるように、グレンはジャティスを見据える。

さらに一段階昇華したシスティーナ、ルミアがジャティスの召喚した天使達を殲滅し続けてくれたお陰で。リィエルがジャティスを牽制してくれたお陰で。

今なら、ジャティスを横から刺せる。

（へっ……俺が得意なのは、元々正面からの真っ向勝負じゃねえ。不意打ち、暗殺、初見殺し……今も、昔も、ずっとそれだ……ッ！）

恐らく、ジャティスは嘘を言ってない。彼の【ABSOLUTE JUSTICE】は無敵だ。

だから、今までグレンが撃ち続けた、あらゆる攻撃が通らないのはわかっていた。

どれか一つくらいは通ったら良いと思いつつも、ほぼ通じないのは、最初からわかっていたのだ。

そもそも、ジャティスの【ABSOLUTE JUSTICE】の土俵で戦うことそれ自体が愚策。

攻略するには、根本的な土俵を崩してしまう他、ない。

そして、その手段が——実はグレンにはあったのだ。

（今まで、俺がてめぇに通じない攻撃を繰り返していたのはフェイクだ！　俺の真の一手を、切り札を、確実にてめぇへ刺すためにな……ッ！）

グレン達が振るう、超絶的攻撃を歯牙にもかけず一蹴し、ジャティスはさぞかし、自身の【ABSOLUTE JUSTICE】に自信と信頼を持っていることだろう。

否、持たざるを得ない。

なぜならば、その術はジャティスの生き様、在り方、存在理由そのものなのだから。

そして、グレン達が通じない超絶的攻撃を繰り返したお陰で、その自信はさらに強固なものとなったことだろう。

だが、それが魔術である以上、絶対はない――

「ジャティスゥウウウウウウウウ――ッ！」

戦いの最中、高まるシスティーナ達の力を見て潮目の変化を感じたグレンは、隙を見て、ついにジャティスへの突撃を開始した。

（……ここだ……ッ！　ここで決めるんだ……ッ！　今は余計なこと考えなくていい……終わらせることだけ考えろ……ッ！）

その瞬間、全ての雑念を意識の外へ追いやり、グレンは一大勝負を仕掛ける。

「せ、先生⁉」

「援護よ！　ルミア！　リィエル！」

「……ん！」

意図を瞬時に察したのか、グレンの突撃に合わせて、ルミア、システィーナ、リィエルも併走を開始する。

グレンを守るように飛翔し、前後上下左右からグレンへ襲いかかってくる天使達を、時間を止めて次元追放し、絶対零度の暴風で吹き散らし、切り裂き……片端から追い払っていく。

上がる爆光。次元の衝撃。時の歪み。

「ぉおおおおおおおおおおおおお――ッ！」

そして、そんな中、グレンが駆ける。駆け抜ける。

システィーナ達が切り開いてくれる細い血路を縫うように――ジャティス目がけて一直線に。

そんなグレンの姿を見たジャティスは、歓喜の表情で叫んだ。

「来るのかい!? ついに来てくれるのかい!? はははははははっ! いいぞ、いいぞ、グレン! 魅せてくれよ! 君自身の〝正義〟をッ!

今こそ、僕が長年待ち望んだ一大決戦! 僕の全てをかけた大勝負の時!

僕の〝正義〟と、君の〝正義〟!

一体、どちらが真に上なる〝正義〟なのか——勝負だぁああああああああああああああああああああああああああああああああああ——ッ!」

「やかましいわぁああああああ——ッ!」

光の速度で両者が迫る。

グレンはその〝切り札〟を収めた懐(ふところ)に手を入れ、ただひたすらジャティスとの距離を詰める。

対し、ジャティスは歓喜の表情で両手を広げて微動だにしない。

否、する必要がない。

ジャティスは自身の正義を、【ABSOLUTE JUSTICE(アブソリュート ジャスティス)】を信じている。

ゆえに、その勝利を信じている。

ならば、今あからさまに勝負を仕掛けようとしているグレンの攻撃への、それ以外の対応行動は、【ABSOLUTE JUSTICE】への不信に他ならない。

つまり、グレンの攻撃を真っ向から受ける以外の選択は、この状況ではありえないのだ。

（それが、その慢心が、てめえの敗因だ……ッ！）

その流れと心理を読み切っていたグレンが、ついにその〝切り札〟を開帳する。

グレンが懐から取り出したそれは……折れた真銀の剣だった。

持ち手に血染めの禍々しい呪符が巻かれ、その刀身に法則否定のルーンの羅列が刻まれているこの剣。かつて、とある剣の英雄が振るっていた剣。

これこそ、セリカが未来を生きるグレンのために残した、最終奥義。

セリカの魔術特性《万理の破壊・再生》を、第七階梯の矜持をかけて最大限に活用して生み出した、セリカ究極の術。彼女の最後の固有魔術。

そして《世界石》を継承した今のグレンには、それを振るう権能がある。

その剣の名は――

「【万理破壊の世界剣】――ッ！」

それは、セリカ秘伝の神域の解呪術式――否、摂理・法則・律法破壊の式。

この世界に存在するありとあらゆる魔術や魔法、異能や神秘の類いを否定して破壊、触れただけで消滅・無効化させる一刀。

このセリカ究極の一刀の前には、グレンの【愚者の世界】すら無力であった。

「……ッ⁉」

そのグレンの剣を目の当たりにしたジャティスが、はっと目を見開く。

（へっ！　自分の愚策に気付いたか⁉　だが、遅ぇ！）

構わず、迷わず、グレンは硬直するジャティスへと肉薄して。

「うぉおおおおおおおおおお――ッ！」

ジャティスの胸部へ、その剣を突き立てるのであった――

――。

第六章　数多(あまた)の可能性の眠り

「……ッ⁉」


その一瞬、静寂が辺りを支配した。

グレンが、ジャティスへ起死回生の一撃――【万理破壊の世界剣(ロウ・ブレイカー)】を突き立てたのだ。

それを確認したシスティーナ、ルミア、リィエルが息を呑(の)む。

――ついに決着だ。

グレンの【万理破壊の世界剣(ロウ・ブレイカー)】が、スペック通りその力を発揮すれば……この世界のあらゆる神秘・魔術・魔法が無効化される。

しかも、天位に至ったあの世界最強の第七階梯(セプテンデ)魔術師、セリカ＝アルフォネアの最終奥義なのだ。

その奇跡の神秘の威力の前に。

さしものジャティスも――

バキンッ！

剣は木っ端微塵に壊れていた。

ジャティスの身体に一ミルたりとも通っていなかった。

「……ッ⁉」

「なんだいこれは？」

呆気に取られるグレンへ、ジャティスがどこか肩透かしを食らったように言った。

「言っただろう？　僕がルールだって。ルール違反はよくないな、グレン」

「クソが……ッ！」

目論見が完全に外れ、グレンの全身を燃えるような焦燥と危機感が焦がす。

今のグレンは、完全にジャティスの【ABSOLUTE JUSTICE】の射程内だ。

今まで、時間と空間を操作して、辛うじて射程内から逃れていたが、最早、完全に捕まってしまった。

——即ち、絶死。

もう何をやっても、１００％確実にジャティスに殺される。

グレンの命運は、完全に尽きてしまったのだ。

「ちぃ〜〜〜ッ!?」

だが、グレンは諦めない。

一縷の望みを託して、だが、無駄だとわかって、ジャティスの術の射程内から逃れようと、その場を飛び離れようとして。

しかし、それは絶望的なまでに後の祭りで。

「せ、先生……ッ！」

「グレン……ッ！」

システィーナ、ルミア、リィエルが慌てて、援護に入ろうとするが、もう何もかもが遅くて。

「ぅ、ぉおおおおおおおおおおおお――ッ！」

……だが。

意外にも。

「…………」

ジャティスはこの絶好の好機を前に……何も、しなかった。

ただ、自分の術の射程内から、脱兎のごとく逃げるグレンを、黙って見送った。

一体、なぜジャティスが追撃しなかったか不明だが、今はその幸運に縋るしかない。

そして……

「はぁー……ッ！　はぁー……ッ！　ぜぇー……ぜぇ……」

グレン達とジャティスが、距離を開けて睨み合っていた。

グレン達は激しく消耗しきり、皆、肩で息をしている。

「…………」

だが、対するジャティスは息一つ乱すことなく佇み、なぜか俯いていた。

「くそが……ッ！　まさか、セリカの【万理破壊の世界剣】すら効かねえなんて……完全に想定外だ……ッ！」

グレンが呼吸を整えながら、毒づく。

この一撃は、グレンが魔術師として三流だろうがなんだろうが、関係ない。

この一撃だけは、たった一度きりという条件で、セリカのレベルで放てる——そういう一撃だったのだ。

それが通じない、即ち答えは単純だ。

ジャティスの【ABSOLUTE JUSTICE】は、【万理破壊の世界剣】すら呑み込む、遙か高みにあるということだった。

「毎度のことながら絶望的ですね……ッ！」

グレンから【万理破壊の世界剣】については詳しく聞かされていないが、眼前の状況的に粗方のことを悟ったシスティーナが呻く。

ルミアも、リィエルも、さすがに表情を焦燥に歪める。

「それでも……私達は負けるわけにはいきません！」

「……ん。勝つ。……ジャティスを……倒す」

だが、システィーナ、ルミア、リィエルは、これだけの格の差を見せつけられても、なお、意気軒昂で、ジャティスを鋭く見据えた。

不退転の決意を漲らせ、三人娘達が一歩前に出て、勇敢に構える。

だが、ジャティスはそんな三人娘達など見えていないように、俯き続け……

……やがて、ぼそりと言った。

「……そんなものかい？」

それをグレンは、嘲りや侮りと受け取った。

「ちっ……知るかよ。てめぇのそのインチキ魔法の前じゃ、どんな術も技も児戯になるに決まってるだろうが」

だが。

「……違う。そうじゃない」

ジャティスがグレンの言葉をきっぱりと否定した。

「違う。違うんだ、グレン。違うだろう？　君の力は、正義は、そんなものじゃない……そんなものじゃないはずなんだ……ッ！」

「……ッ⁉」

見れば、ジャティスはその全身に激しい怒りを静かに漲らせながら、グレンを突き刺すように睨んできていた。

「確かに、システィーナ、ルミア、リィエル……君達は素晴らしい。

まぁ、僕の正義の足下にも及ばないわけだが、僕がねじ伏せるに値する。

それだけの力と正義がある。まず、それは認めよう。

だが、グレン。君は一体、いつになったら本気を出す？　君は一体、いつになったら、僕の正義に真剣に向き合ってくれる……ッ!?

ことここに至って、この僕を失望させるのはやめてくれないか……ッ!?

君がそんな体たらくだとしたら……僕は一体、何のために五億年の研鑽(けんさん)を積んできたと思ってるんだ!?」

「何をわけのわかんねえことをペラこいてんだ、テメーはッッッ！」

グレンが激高した。

「俺はいつだって、本気で全力だッ！　俺みてーな三流魔術師に、テメェは一体、何を求めてやがんだよ!?

そもそもテメェのワケワカメな正義なんざ、どうでもいいわ、ボケッ！

俺はセラの仇(かたき)であるテメェをぶっ倒せればそれでいいッ！　そんでもって、俺の生徒達や仲間達のいる世界を、テメェから守れればそれでいいッッッ！

それ以外のことなんざ、知らんッ！　知ったことかッ！　それだけだッ！」

すると。

ジャティスが目を見開き、まるで心外とばかりに呻く。

「……君は、本気で言っているのかい？　本当に……それだけなのかい？　君の力は……

正義は……そこまでなのかい？」

「本気もクソも、俺は今も昔も三流魔術師だっつってんだろうが！　今は、セリカの力を分不相応にも、一時的に使えるようになっただけだッ！

俺は俺であって、それ以外の何物でもねえんだよッッッ！」

そんなグレンの苛立ち交じりの叫びに。

「………………」

ジャティスは心底驚愕したような表情で、しばらく沈黙して。

やがて。

「……失望したよ、グレン。心底、失望した。君が……その程度だったとは。君は、君だけは違うと、凡百の愚者どもと違うと……そう信じていたのに」

そう哀しげに呟いて、ジャティスが帽子を深く被り直す。

すると、そんなジャティスに、システィーナ達が肩を怒らせて反論を始める。

「貴方は一体、何を言ってるんですか！　勝手に先生に期待して、勝手に失望しないでくださいッ！」

「……あなたに、先生の何がわかるっていうんですか？」

「ん。グレンをバカにするなら、許さない」

だが、ジャティスはそんな小娘達の怒りなど歯牙にもかけず、肩を竦めて頭を振るだけだ。

そんなジャティスへ、ナムルスも苛立ったように噛みつく。

『ひょっとして……まさか、貴方、《無垢なる闇》のことを言ってるわけ？　フン。貴方は《無垢なる闇》を倒して、この次元樹の全ての世界を救うつもりらしいわね？　だけど、グレンが救うのは、グレン達の世界だけ。だから、グレンがその程度だと、自分の方が上だと見下して、バカにしている……違う？』

「違うよ、違う。全然、違う。まったくもって、話がズレてる。はっはっは、これだから人外は。人間ってものがまるでわかっていない」

ジャティスはさらりと受け流す。

「ぶっちゃけて言うとさ。〝9のために1を切る〟。〝9を捨てても1を救う〟……君は、君達は、どっちがより上位の〝正義〟だと思う？」

「そ、それは……」

ジャティスの質問の意図を推し量りながら、システィーナが答える。

「そ、その二択なら……あくまで客観的には……　〝9のために1を切る〟……？」

「ハズレ」

ニヤリと笑うジャティス。

「では……〝9を捨てても1を救う〟方が正義だと、言いたいのですか？」

ルミアがそう続けるが。

「それもハズレ」

眉をひそめて睨み付けてくるシスティーナとルミアに、ジャティスが愉(たの)しそうに肩を震わせて笑った。

「あっはっは！　ごめんごめん、そんな顔で睨まないでくれよ、君達。こんなの単なる言葉遊びじゃあないか。

　そう、その二択に答えなんかあるわけないんだよ。

　前者は9側にとっての絶対正義だし、後者は1側にとっての絶対正義だ。

　どちらにも、確たる正義が存在する以上、その正義に優劣などつくわけがない。

　まぁ、一般社会で前者が尊ばれる傾向にあるのは、単に公共の最大公約数的利益を追求するための合理的判断に過ぎない。それが正義だからじゃない。

　君達も、アルベルト＝フレイザーという男を知っているだろう？　彼が、自らの行いを正義だと主張したことが、今まで一度でもあったかい？

そう、その二択を超える正義というのは、それこそ〝10を救う〟くらいなもんさ。絶対に無理だろうけどねぇ」

「何が言いたいんですか……ッ⁉」

苛立ちを隠そうともせず、システィーナが吠える。

「大体、それなら、貴方の正義とも矛盾してるじゃないですかッ！　なんかよくわからない脅威のために、私達の世界を滅ぼそうとしているくせに！」

「たとえ話さ。そもそも僕の正義は、誰かを救うだの、守るだの、関係ない。まったく関係ないんだよ。ただまぁ……ヒントは送ろう」

すると。

「……〝何か為す者とは、歩み続ける愚者である。為さぬ者とは、歩みを止めた賢者である〟」

ジャティスがそんな言葉を呟く。

「そ、その言葉は……」

システィーナとルミアが目を瞬かせる。

「まぁ、この世界の魔術師なら誰もが知っているだろう。グレン、君の師匠……セリカ＝アルフォネアの格言さ。有名だから、教科書にも載ってる。

そして、この言葉が……グレン、宿敵である君に送る、最後の塩だ」

「……何を……言ってやがる……ッ!?」

「グレン、君は頑張った。君のひたむきな生き様は、これまで多くの者達の心を揺さぶってきたはずだ。

だから、今はその体たらくでも、本当は君自身もわかっているはずなんだ。

君は、ずっと人に〝何か〟を与え続けてきたんだよ。だから……そろそろ君は、その〝何か〟を、自分自身にも与えてもいいんじゃないかな?」

「だから、お前の言っていることの意味が……ッ!」

「そして、これを聞いてもなお、君の目が覚めないのならば……もう、僕にとって、君という存在に価値はない。……哀しいかな、僕はとっくに君を超えていたらしい。

高みを目指して、ただひたすら愚直に邁進し続けるというのは、案外、こういう呆気ないものなのかもね。

まぁ、これ以上、君と僕が戦う意味もない。終わりにしよう。

実は幕引きにはちょうどいいものがあるんだ……」

そう言って。

ジャティスが手をかざし——呪文を唱えた。

「《遍く世界は汝が見る夢・汝、万物の混沌統べし者・汝、盲目にて白痴の主》――」

その瞬間。

ず、ん……と。世界に闇がのし掛かる。

ジャティスの傍らの空間に闇が重苦しく淀み、時間と空間が歪む。

「……ッ⁉」

ことここに至って何事だ？　新しい攻撃か？

グレン達が警戒し、いつでも対処・行動できるように油断なく身構える。

そんなグレン達を見て冷ややかに嗤いながら、ジャティスはその空間の歪みに、己が神鉄の腕を差し入れる。

何かを掴んで――その歪みから引きずり出す。

それを、グレン達に見せつけるように、前方へと差し出した。

その正体は……

「……箱？」

箱だった。箱、としか表現のしようがない。

材質は不明、いびつな形状をした箱で、まるで異形の生物でも象ったかのような奇怪な装飾が、その表面に施されている。

ぱか。

グレン達がその箱を凝視していると、箱の蓋が上がって開いた。

その中身が明らかになる。

黒光りして赤い線が走る多面結晶体型の宝石だ。それが、箱内部から生える奇妙な形をした七つの支柱によって、支えられている。

「なんだ……そりゃ……？」

「これは、彼……《大導師》の数千年に亘る探求と研鑽の集大成さ。結局、禁忌教典に届かなかったから、まだ未完成だけどね。

なあに、実にくだらない最終目的とはいえ、あの彼がせっかく必死こいて数千年かけてコツコツ作り上げようとした作品なんだ。

一度もお披露目することなくお蔵入りってのも、少しもったいないだろう？

だから、代わりに僕がちょっと手を加えて、一応、実用可能なレベルにまで、突貫工事で仕上げ、使ってあげようと、そう思ってさぁ」

ジャティスがそんなことを言っていると。

箱の中の宝石が……輝き出す。
妖しく、不気味に、不穏に、輝き始める。
「……ッ！」
「おい、てめぇ……ッ！　妙な真似(まね)は――……」
グレン達が、ジャティスを止めようと動き始めた、まさにその時。
ピキィイイイン！
その光が白熱し、瞬時に世界の果てまで届いて、全てを白く染め上げて――
何も、見えなくなって――……
そして――……
――。
――。

──────。

「……えっ⁉」

ふと、気付けば。

システィーナは、奇妙な場所に立っていた。

そこは、どこかの古代遺跡のようだ。

闘技場のような場所で、目の前には聳え立つ大きな門がある。

(……あれ？　ここ……嘆きの塔89階の……《叡智の門》の前？)

そして。

「ふむ、どうしたんじゃ？　わしの可愛い孫娘」

老人が、そんな風に戸惑うシスティーナの顔を覗き込んでくる。

銀髪で、整った顔立ちの優しそうな老人だ。

その見た目からかなりの高齢だと思われるのに、体格は良く、背筋はしゃんとし、気力や体力も充実している健康体そのものである。

システィーナと同じく遺跡探索用装備に身を包んでいるその人物は……

「……お爺様？」

システィーナの祖父、レドルフ＝フィーベルであった。

「ふむ……調子が悪いようだね、システィーナ。大丈夫かな？」

「あ……ええと……ううん、大丈夫。なんか、ちょっと変な白昼夢見てたみたい。昨日の夜、あんまり眠れなかったから……」

「むう、それはよくないのう。だが、わかるよ。わしも昨日の野営は興奮で眠れなかったからのう……」

「…………」

……そう、思い出した。

今、自分は最愛の祖父と共に、アルザーノ帝国魔術学院の地下迷宮《嘆きの塔》を、ついに攻略し、ここまで来たのだ。

システィーナとレドルフは、協力して研究に研究を重ね、古代文明のメルガリウスの天空城の謎を解いた。

二人の夢だった天空城は……この《叡智の門》の先にあるはずなのだ——

（そうよ、ここからが本番じゃない。

何か変な夢をずっと見てたような気がするけど、それどころじゃないわ……

お爺様の……私達の悲願が、ついに叶うときが来たんだから……ッ！）

さきほどまで見ていた夢の内容は、もう思い出せない。

覚醒と共に、まるで溶けたかのように忘れてしまった。

まぁ、得てして夢とはそういうものである。

「さぁ、行くよ、システィーナ。すでに《叡智の門》の鍵は開いている」

「ええ、行きましょう、お爺様！」

レドルフとシスティーナはうなずき合って。

そっと、門を押し開いていく。

門を縦に二つに割るように広がっていく隙間から、眩き光が、風が吹き込んできて。

そして、ついに門は開かれ――

二人はまるで憑かれたように一歩、また一歩と歩いて、門をくぐっていって。

――やがて、二人の前に、夢にまで見た壮大なる城の偉容と、眼下に広がる無限の空、頭上に広がる無限の大地の姿が、大パノラマで現れたのであった。

「……お、おおおおぉぉぉ……ッ！」

「あ、あ、ああああ……ッ！」

その世界の全てを見渡せるかのような圧倒的な光景に呑み込まれ、システィーナとレドルフはただただ感無量とばかり、黙って涙を浮かべた。

「ずっと……ずっと、この光景を……お爺様と一緒に見たかった……ッ！」

「わしもじゃよ、我が愛する孫娘よ……」

二人は肩を並べて、そのあまりにも幸福なる光景を、眺め続けた。

いつまでも、いつまでも眺め続けた。

────。

────。

────。

「うふふふ、素敵じゃない、エルミアナ」

「お、お母さん、これ……恥ずかしいよ……」

アルザーノ帝国首都オルランド、フェルラルド宮殿の服飾室にて。

そこには、帝国女王アリシア七世の着せ替え人形と化して、困ったような笑みを浮かべるルミアがいた。

「思った通りだわ。貴女って、私に似てスタイル抜群だから、そういう妖艶で際どい系のドレスも、すっごく似合うわ。初の社交界はこの路線でいきましょう！　ふふ、これで社交界の男性は皆、イチコロね」

楽しげに微笑む母、アリシア。

「そ、そんなぁ、恥ずかしい……私、そんなこと……それに社交界なんて……」

「ふふふ、駄目よ、エルミアナ。貴女も、この帝国王家の高貴なる者、この国の上に立つ者として、顔を売って、相応しい格と作法を身につけなければいけないし、やがて、貴女を公私に渡って支えてくれる男性も見つけないといけないの。

今回の社交界デビューは、その第一歩。こういうのは最初が肝心なのだから」

「う、うぅ……」

「ふふ、大丈夫よ、心配しなくても。別に、私は貴女に政略結婚とかを強いるつもりは、まったくないの。将来、貴女が本当に好きになった人を選べばいいと思ってるわ。

でも、貴女が誰を好きになったとしても、その人に幻滅されるのは嫌でしょう？　そもそも、多くの人と交流を重ねないと本当の好きという気持ちもわからないでしょう？

だから、勇気を出して、頑張って？　ね？」

そんな風に、アリシアがルミアを諭していると。

「それにしても、社交界デビュー……ルミィも、もうそんな歳なんだよね……時間が経つのは早いね」

アリシアと共に、ルミアの着付けを手伝っていた姉──レニリアが感慨深く言った。

「ふふ、ルミィったら本当に綺麗……これは、社交界の男性達がほうっておかないよね……案外、あっさり結婚相手とか決まって、私達の下から去って行っちゃうかも？」

そんな風に、レニリアが冗談めかして言うと。

「私……まだ、お母さんや姉さんと一緒がいいな……」

ルミアがほんの少しだけ、寂しそうに言った。

「将来のことはまだ、わからないけど……私、お母さんや姉さんと離れ離れになるなんてまだまだ考えられないよ……」

すると、アリシアとレニリアが互いに目を合わせて、やがて、優しくルミアの頭を撫でながら、言った。

「……ごめんなさいね、エルミアナ。少し、話が急すぎてしまって」

「うん。結婚したからって、ここを出て行くとは限らないけど……ルミィにはやっぱり、早い話だったね……ごめんね、不安にさせて」

「お母さん……姉さん……」

「そうね、しばらくは私達母子三人で、仲良く暮らしましょう。忙しい公務の合間を縫って、時折、こうして三人で何気ない話をして、のんびり紅茶でもいただいて」

「そうですね、それじゃあ早速、私、お茶会の準備をしてきますね、母様」

「あ、ありがとう、お母さん……姉さん……私、その……」

ルミアはほんの少しだけ、頬を赤らめて。

やがて、思い切ったように言った。

「私、二人のこと……大好きです！　ずっと……一緒にいられるといいですね！」

そんなルミアの告白に。

アリシアとレニリアは、嬉しそうに微笑むのであった。


――――。

――――。

——。


「こらぁあああ、リィエル〜〜ッ！」

「むぅ……イルシア、しつこい……」

一人の少女が、もう一人の少女を追いかけ回している。

まったく同じ顔、同じ体格の少女だ。

違いと言えば、追いかけている少女の髪は赤毛で、追われている少女の髪は青い。

後、青い髪の少女の身体能力は圧倒的で、赤い髪の少女がいくら全力で追いかけても、追いつかれる気配がまるでない。

追われるままに、青い髪の少女は家から飛び出し、庭を駆け抜け、庭の隅に生えている木を、とととっと、猫のように軽快に駆け上り、枝に腰掛ける。

さすがに、そんな器用な真似はできない赤い髪の少女が、頭上の青い髪の少女を見上げ、ぷりぷり説教を始めた。

「もうっ！　逃げちゃダメだって言ってるでしょ⁉　リィエルの学校の宿題、明日まででしょう⁉　ちゃんとやらなきゃダメじゃない！」

「むぅ……つまんないから、やだ。全然、わかんないし……」

「だから、私が教えてあげるから！　だからちゃんと宿題しなさいっ！」

「……むぅ……」

そんな風に、二人の少女が騒いでいると。

「あはは……またやってるんだね、イルシアにリィエル」

人の好さそうな赤毛の青年が、家の中から苦笑いしてやってくる。

「どうして、双子でこうも違うのかな、君達は」

「シオン兄さん！」

「……シオン」

青年──シオンが木の傍までやってくる。

「ほら、リィエル。危ないから下りてきなさい」

「むぅ……」

「ねぇ、シオン兄さんも言ってあげてよ！　リィエルにちゃんと勉強しなさいって！　兄さんは、私達の学校の担任の先生でしょう？」

そう、イルシアとリィエルは近場の学校に通っていて、シオンはそこの教師だ。

もちろん魔術を教える学校ではない。いたって普通の学校である。

「まぁ……そうだね。担任としては、リィエルにはきちんとして欲しいところだけど……

その……人には向き不向きってものがあるからね……」

「むむ、じゃあ、リィエルに向いてるものってなんなんですか？」

「そうだね……リィエルは勘が凄いし、体力あり余っているみたいだし……剣でもやってみたら、きっと将来、凄い剣士か軍人になれるんじゃないかな？」

「だ、ダメです！　そんな危ない道、私が許しませんからね！　戦いなんて、軍人さん達に任せておけばいいんです！

　リィエルは、戦いと無縁の普通の人生を過ごすの！　私達と一緒にね！」

「あははは……まぁ、そうだね。僕もその方が嬉しいかな。妹にはあんまり危険なことはして欲しくないしね。

　まぁ、それはさておき……二人とも、おやつに苺タルトを作ったんだけど……」

「！」

　ぴょーん！

　途端、リィエルは木の枝の上から跳躍し、そのままシオンとイルシアの頭上を大きく飛び越えて、着地。とててて……と家の中に入っていってしまう。

「ぁあああああ～～っ！　待ちなさい、リィエル！　また、私の分まで食べちゃったら許さないからねっ！」

「あははは、大丈夫だよ、たくさん作ったから」

追いかけるイルシア。

「……さて、腹ごしらえしたら、リィエルの勉強を見てあげるかな」

苦笑いしながら、のんびりと戻るシオン。

それは、とある兄妹達の、平凡で幸せな日常の一風景だった――……

――。

――。

――。

『……皆……ッ！』

ナムルスが歯がみをして、振り返る。

その先に――グレン、システィーナ、ルミア、リィエルがいる。

全員、それぞれ巨大な結晶体の中に閉じ込められ、眠りについていた。

「くっくっく……魔王遺物【輝ける偏四角多面体(トラペゾヘドロン)】……これこそが、魔王の奥義(おうぎ)」

ジャティスが両手を広げて、悠然と語り始める。

「この偏四角多面体物質(トラペゾヘドロン)には、夢と現実の境界を弄(いじ)る力がある。

魔王はこの力を利用することで、人の夢と現実をそっくりそのまま、入れ替える術式を構築したのさ。

入れ替えられた夢は、当人にとっての現実となり、その先に一つの確たる新たな世界を創造する。新しい世界線としてそれぞれが永遠に続く。

その人にとっての、もっとも幸福な世界が、それこそずっと……ね。

対し、元のこの世界──今の彼らにとっての夢の世界における彼らは、このように結晶化し、時間の流れが完全に停止、永遠にその場に存在し続ける絶対不滅の石の塊と化す。

ま、絶対不滅……というのは、少々語弊あるけど」

『こ、この……ッ！』

「魔王はこの力を使って、この世界中全ての人間の幸福な夢の世界を創造しようとした。

そのために、禁忌教典(アカシックレコード)を求めた。それが彼の最終目的。

ほうら見ろ、くっだらないだろう？　こんなもののために、一体、彼は……」

『ふざけんなッ！　解放しなさいよッ！　グレン達を！』

ナムルスが激高するが。

「……それは無理な相談だね」

ジャティスは両手を広げて、頭を振った。

「こうなった以上、こっち側からの世界……僕達からは、どうこうできない。

だって、これを壊すには、一つの世界を完全に破壊消滅させてしまえるほどのエネルギーが必要となる。

彼らの精神が生きている世界は、最早、一つの世界そのものなのだから。

そして、そうまでして……彼らの精神が無事でいられる保証もない」

『な、な、なぁ……ッ⁉』

ナムルスが、がくりと力なくうなだれる。

ナムルスも外宇宙の邪神達のはしくれ。

見ただけで、聞いただけで、わかってしまうのだ。

そのジャティスが《大導師》から奪って行使したその神秘の本質が。

ジャティスの言ってることに、嘘偽りがまったくないことが。

すなわち――……

『……お、終わり……なの……？』

震えるナムルスの目に、じわりと涙が浮かぶ。

『こんなに……あっさり……こんなに……呆気なく……終わってしまうの……？』

もう、助けられない。

グレンも、システィーナも、ルミアも、リィエルも。

こうなってしまった以上、ナムルスも、誰も、彼らを救うことはできないのだ——

——だが。

「まぁ……彼女達に関しては、あんまり心配ないと思うよ？」

当のジャティスが、そんなことをあっけらかんとのたまう。

『……はぁ……？』

「例外はあるんだよ。何、しょせん、彼らが見ているのは夢だ。限りなく現実だとはいえ、夢なんだよ。夢なら……」

と、その時だった。

びきり。

突然、システィーナ達を閉じ込めている結晶体に、盛大にヒビが入って。

がっしゃあああああああああああああああんっ！

　突然、周囲に破片をまき散らして割れ砕ける。

「……くぅうううッ！」

「はっ……はぁ……ッ！」

「……ん……ッ！」

　まるで悪い夢でも見ていたかのように、顔を真っ青にして、システィーナ、ルミア、リィエルが結晶体の縛めから脱し、再びこの現実に帰還していた。

『あ、貴女達……ッ!?　ぶ、無事で良かっ……』

「よくも……」

　安堵するナムルスを余所に、システィーナ達が激しい怒りをジャティスへと向けた。

「……よくも、あんなくだらない夢を見せてくれたわね……ッ!?　本っ当にムカつく人だわ！」

「酷い侮辱です……絶対に許しません……ッ！」

「ん。絶対に、ボコる」

だが、そんな三人娘達の激しい怒りを軽く受け流しながら、ジャティスはナムルスへ向けてしたり顔で言う。

「ね？　言ったろう？」

『ど、どういうこと……？』

「どれだけ現実に近づけようが、夢は夢。醒めるものさ。幸福な夢を、ただの夢だと自覚して、厳しい現実へ帰還することを望めば、この未完成な術はあっさり破れる。

禁忌教典の力を乗っけたならともかく、今さらこんな子供だましが通用するような彼女達じゃあない。彼女達がこれまで、どれほどの痛みと葛藤を超えて、この場に立ったと思っているんだい？　ん？」

『あ、貴方がそれを言うか……ッ!?』

「ああ、そうそう。一応、弁明すると、彼女達が見た夢は、僕が勝手に作って見せたわけじゃない。彼女達が心の底のどこかで望んでいた夢さ。彼女達がどんな夢を見ていたかなんて、僕には想像もつかない。だから、僕を責めるのは筋違い――」

『貴方はもう黙れ！』

ジャティスの人を喰ったような物言いは、まったくもって腹立たしい限りだが、ナムルスは心底安堵していた。

『と、とにかく、焦(あせ)ったけど……これなら特に問題ないわね！』

「ええ、そうね。結局、私達がやることは変わらないわ！」

「なんとかして、ジャティスさんの【ABSOLUTE JUSTICE(アブソリュート ジャスティス)】を破る……」

「……ん。破る。わたしにはよくわからないけど！」

そう言って。

システィーナ、ルミア、リィエルが散開し、身構えた。

「先生！　とにかく今は、色んな攻撃を休みなく仕掛けて、様子を見ましょう！　ジャティスの術の弱点看破が最優先です！　私達がサポートしますから――……」

と、そこまで叫んで。

三人は気付いた。

反応が返ってこない。

「……先生……？」

三人娘達が振り返ると。そこには――……

――結晶体に閉じ込められ、眠りについたままのグレンがいた。

「……先生？　な、何やってるんですか？」

「……あの……先生……？」

「グレン？」

皆が呼びかけるが、グレンは無言。無反応。

結晶体はぴくりとも動かない。

『ちょっと、グレン。何やってるわけ？　さっさと起きなさいよ』

ナムルスがグレンを閉じ込めている結晶体を、ぺちぺち叩く。

『あの小娘達ですら、あっさり脱出できたのよ？　貴方ができないわけないでしょ。さっさと出てきなさい』

だが。

……いくら待てども。

結局……グレンが、反応を返すことは。

その結晶体から解放されることは……ついぞ、なかった。

戸惑い、動揺を隠せない、システィーナ達。

そんな一同を見て、グレンを見て、ジャティスが肩を竦めてため息を吐く。

帽子を深く被り直す。

「まぁ……薄々わかっていたけどね。君は、ここまでだ、グレン。君は……結局、この程度だった。僕の勘違いか、買い被りだった。さようなら。僕の好敵手だった男。どうか眠れ、永遠に、安らかに……」

その表情は……どこか哀しげだった。

――。

――。

――。

終章　現実の微睡(まどろ)みの中で

がら、がら、がら、がら……

車輪の回る音が、意識を揺らす。

ごと、ごと、ごと、ごと……

心地好い揺れが、意識を揺する。

肌に感じる爽やかな風。
なにもかもが、心地好く、現実感がなく……
グレンの意識はただ、夢現(ゆめうつつ)の最中(さなか)を漂い続ける。
……その時だった。

ふと、隣で気配が動いたような気がして……

……不意に、何か小さく柔らかいものが、グレンの頬に触れた。

まるで小鳥にそっとついばまれたかのように。

その感触は、じんわりと温かく、とても心地好い。いつまでも感じていたくなる。

しばらくの間、グレンの頬の一点にその心地好い熱が灯(とも)り……やがて、名残惜しげにゆっくりと離れていく。徐々に熱が喪(うしな)われていく。

そんな、少し寂しい喪失感に引っ張られるように。


「……ん……？」


グレンの意識はゆっくりと覚醒した。

目を瞬(しばた)かせながら、差し込む光に徐々に目を慣らしつつ、まぶたを開いていく。

見渡す限り、辺り一面、風に揺れる雄大な草原だった。

青い空、白い雲。風に舞う草。波打つ緑の海原。

目が覚めるような、その雄大な光景。

気付けば、グレンは荷馬車の御者台に腰かけている。

先ほどまでの眠気を誘う揺れと、車輪の音の正体はこれだ。

「……あれ……？　俺は……」

グレンがそんな呟きを漏らした、その時だった。

「……あっ、ご、ごめんね、グレン君。起こしちゃった……かな……？」

そんな声が、すぐ隣から聞こえた。

どこか懐かしく、もう二度と聞けない、聞くことのないはずだった声。

グレンが無言で振り返る。

肩が触れ合うほどすぐ傍に、一人の娘が同じく御者台に腰掛けている。

「えーと、私の故郷……南原のアルディアまでは、もう少しだよ……だから、眠かったら寝てていいよ？　馬は私が見てるから」

なぜか少し紅潮した顔で、その娘は至近距離でじっと見つめてくる。

今まで眠っていたグレンの代わりに、馬の手綱を握っていたようだ。

シルクのように美しい白い髪、白磁の肌。どこか民族的な衣装。髪を飾る羽根飾り。

その艶めかしい肌や頰のあちこちに、赤い顔料で描かれた紋様。

なぜか、もう二度と見ることはないと思っていた……

「……ぁ……ぁ……ああ……」

「……どうしたの？　グレン君……泣いているの？　あはは……ひょっとして、何か怖い夢でも見ていたのかな？」

そう言って、彼女が穏やかに笑う。

グレンを安心させるように、微笑む。

「大丈夫だよ……私が傍にいるから。怖いことなんか、何もないよ」

「……バカ。違う、……違ぇよ……子供扱いやめろよ……」

グレンが目元を拭いながら、そっぽを向く。

そもそも、なんで今、自分は思わず涙ぐんでいたのか。

今まで、一体、何の夢を見ていたのか……もう、何もわからない。

覚醒と共に全てが霧散し、もう何も思い出せない。

しかし、忘れるということは、きっと……どうでもいいことだったのだろう。

でも、何かを恐れるように。

もう一度彼女の姿を見たら、まるで彼女が夢か幻だったかのように消えてしまう……そんな突拍子もない発想を恐れるように。

グレンが、ゆっくりと、もう一度、彼女の姿を改めて見る。

どうか、消えないでくれ……なぜか、そう心のどこかで祈りながら。

「……グレン君？」

だが──

──彼女は消えない。

しっかりと、そこに確かな存在として、いる。

「……せ、セラ……」

「なあに？　ふふっ、今日は、なんだかおかしなグレン君♪」

セラ＝シルヴァースが──そこに、いる。

まるで春風のような微笑みを浮かべて、そこに、いる。

──夢では、ない。

あとがき

こんにちは、羊太郎(ひつじたろう)です。

今回、『ロクでなし魔術講師と禁忌教典(アカシックレコード)』第二十二巻、刊行の運びとなりました。

編集者並びに出版関係者の方々、そしてこの『ロクでなし』を支持してくださった読者の皆様方に無限の感謝を。

ついに、最終決戦。『ロクでなし』という作品を象徴する、空に浮かぶ『メルガリウスの天空城』にて、作中最大最凶のトリックスター・ジャティスとの戦い。

少女を救うため、強大な敵と立ち向かうために、空の城へ赴くそのグレンの姿は、あたかも『正義の魔法使い』の活躍を描いた童話『メルガリウスの魔法使い』の再現のような……そんな、第二十二巻、いかがでしたでしょうか？

もうここで僕から語るべきことはほとんどありません。後はこの話の結末に向かって、全てを出し切るのみとなりました。

しっかし、あれだ。なんだ。僕……よくぞここまで、今まで無節操にバラ撒(ま)いてきた伏線を回収したなぁ（笑）。僕と編集さんでチェックしているんですが、まぁ、今まで張った伏線は、ほぼ全て回収できたはずです。まだ、超特大の伏線がいくつか残っていますが、それも含めて次巻で全て回収されるでしょう。『ロクでなし魔術講師と禁忌教典』という物語の完成です！

それを成し遂げることができるのも、読者の皆様が二十巻を超えるこの滅茶苦茶長い話をずっと支持してくださったお陰です、本当にありがとうございました！

全力を尽くします！　ひたすら全力を尽くしますので、最後までどうかよろしくお願いします！

それと、Twitterで生存報告などやってますので、DMやリプで作品の感想や応援メッセージなど頂けると、とても嬉しいです。羊が調子に乗って、やる気MAXになります。ユーザー名は『@Taro_hituji』です。

それでは！　次はクライマックスの第二十三巻でお会いしましょう！

羊太郎

お便りはこちらまで

〒一〇二-八一七七
ファンタジア文庫編集部気付
羊太郎（様）宛
三嶋くろね（様）宛

ロクでなし魔術講師と禁忌教典22

令和5年4月20日　初版発行

著者――羊　太郎

発行者――山下直久
発　行――株式会社KADOKAWA
〒102-8177
東京都千代田区富士見2-13-3
0570-002-301（ナビダイヤル）
印刷所――株式会社暁印刷
製本所――本間製本株式会社

ISBN978-4-04-074580-0 C0193　◇◇◇

無自覚最強
ハーレム!
シリーズ
好評発売中!
妹が女騎士学園に
入学したら
なぜか
救国の英雄になりました。
僕が。
After my sister enrolling in Girl Knights' School, I become a HERO.
author.
ラマンおいどん
ill. なたーしゃ

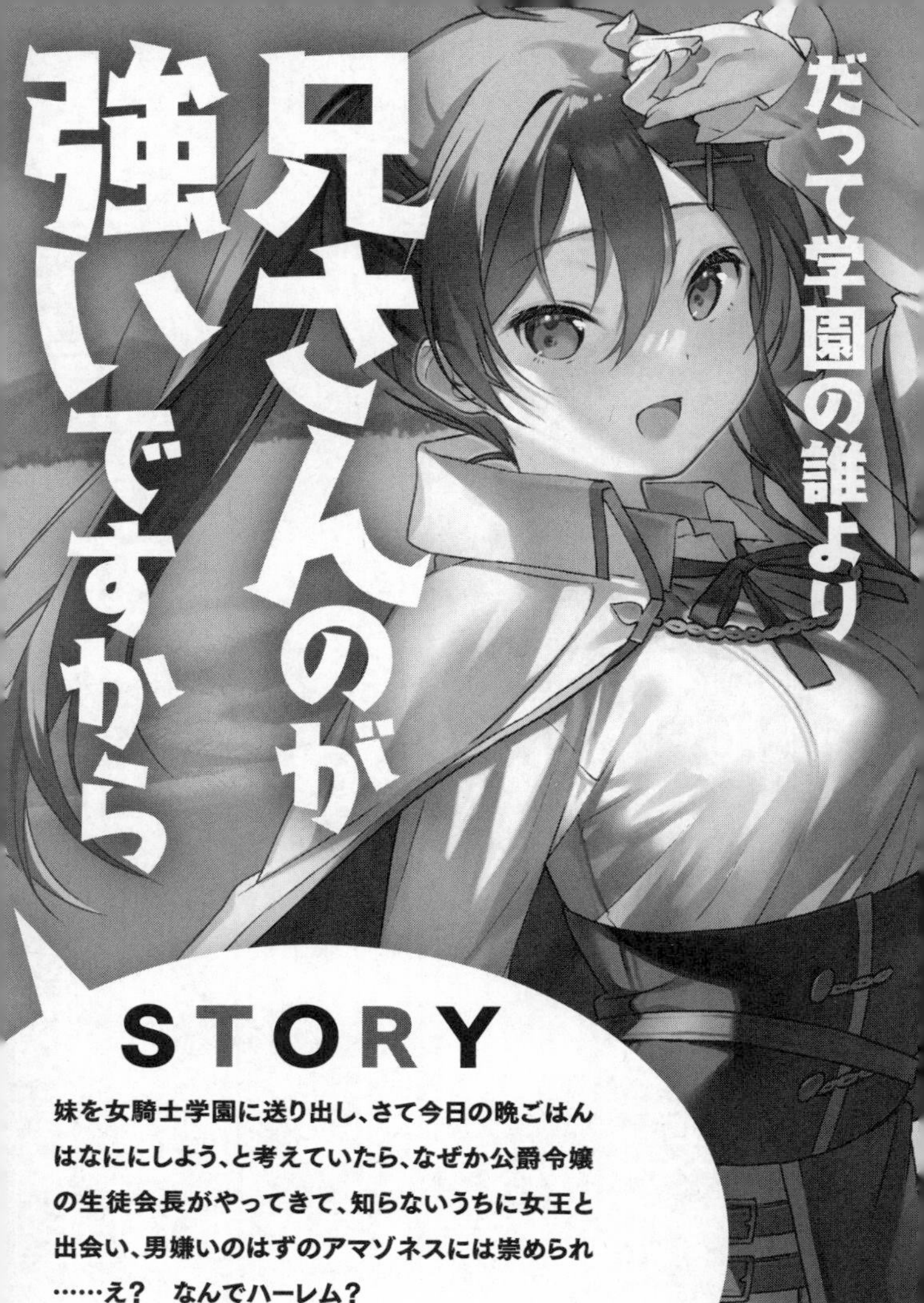
だって学園の誰より
兄さんのが
強いですから
STORY
妹を女騎士学園に送り出し、さて今日の晩ごはんはなににしよう、と考えていたら、なぜか公爵令嬢の生徒会長がやってきて、知らないうちに女王と出会い、男嫌いのはずのアマゾネスには崇められ……え？　なんでハーレム？